Pôle fiction

Du même auteur
chez Gallimard Jeunesse :

15 ans, Welcome to England !

15 ans, charmante mais cinglée

16 ans, franchement irrésistible

16 ans, S.O.S Chocolat !

16 ans, total fiasco

Sue Limb

16 ans ou presque, torture absolue

Traduit de l'anglais
par Laetitia Devaux

Gallimard

Titre original : *Girl Nearly 16, Absolute Torture*
Édition originale publiée en Grande-Bretagne
par Bloomsbury Publishing Plc, Londres, 2005

Pour Nancy Napper Canter

1

– Oh non, tout mais pas ça !

Jess tenta en vain de rattraper cette parole malheureuse. Sa mère fronçait déjà les sourcils.

– Qu'est-ce qu'il y a, ma chérie ? Mais c'est ce que tu voulais depuis si longtemps ! Aller rendre visite à ton papa à Saint-Ives ! Je lui ai annoncé notre visite hier soir et il t'attend avec impatience ! Il y aura le soleil, la mer, de l'art et des glaces ! Et tous ces lieux intéressants à visiter sur le chemin des Cornouailles. Ça va être des vacances magnifiques. Mais pour l'amour du ciel, Jess, qu'est-ce qui te prend ?

Jess ne pouvait pas le dire à sa mère. Aussi facile que d'aller faire des courses toute nue au supermarché. Ces merveilleuses vacances surprise allaient gâcher toute sa vie. Jess sentit son moral fondre en piqué jusqu'au tapis, où il s'écrasa. Et il resta là, aussi réactif qu'un chien cancéreux en phase terminale.

En plus de ça, elle devait jouer la fille ravie.

– Rien, rien, maman. J'ai un peu mal à la tête, c'est tout. Merci, c'est génial ! On part quand ? dit Jess, voulant malgré tout insuffler un peu d'enthousiasme dans sa voix.

Autant essayer d'enfiler un jean taille 36.

– Après-demain ! répondit sa mère avec le sourire ravi d'un bourreau. Tôt, pour éviter les embouteillages et avoir le temps d'admirer le paysage. Oh, je suis si contente ! Ça va être merveilleux !

La mère de Jess laissa flotter un regard extatique en direction de la fenêtre, à croire qu'un ange venait de se poser sur le toit du supermarché voisin.

– On va voir de vieilles abbayes ! Des fleurs sauvages ! Des tombeaux de l'âge du bronze !

Parfois, Jess se disait que sa mère était vraiment folle. Peut-être que si ses parents ne s'étaient pas séparés, sa mère aurait gardé toute sa tête. Quoique… Allez savoir. Son père lui aussi était du genre bizarre.

– Monte préparer ton sac, il ne te reste que vingt-quatre heures ! lança sa mère en se précipitant dans sa propre chambre, sans doute pour aller chercher *Fossiles extraordinaires et autres failles* ou *L'Incroyable Vie sexuelle de l'oursin des mers du Sud*.

Vingt-quatre heures ! Ça ne laissait guère à Jess le temps de préparer un plan de sauvetage. Un jour à peine pour mettre fin à cette débile idée de vacances. Tomber gravement malade en vingt-quatre heures ? Saboter la voiture ? Déclencher, avec moult précautions, bien sûr, un petit incendie dans la maison ?

Seule solution : Fred. Lui, il aurait une idée. Ils pourraient s'enfuir tous les deux. Quoique sans argent… Jusqu'au fond du jardin, peut-être. L'herbe n'était pas tondue, là-bas. Et il y avait un grand arbre. Ils pourraient s'installer dans ses branches. Vivre comme Jane et Tarzan, les muscles et les lianes en moins.

Fred ! Jess voulut lui envoyer aussitôt un SMS et se précipita dans sa chambre, mais oh ! sort cruel, son portable demeura introuvable. La chambre croulait sous les vêtements, les CD, les livres et les papiers de bonbons, à croire qu'un chat sauvage était passé par là. Jess souleva le bazar quelques instants, puis décida qu'elle aurait aussi vite fait de se rendre chez Fred. Il y avait de grandes chances qu'il y soit. Depuis quelque temps, il la prévenait presque toujours quand il sortait.

Avant de partir, elle vérifia son apparence dans la petite glace au-dessus de l'évier qui permettait de mieux observer ses yeux cernés quand on faisait la vaisselle. Au secours, ses sourcils ! Même un orang-outan n'avait pas des sourcils aussi broussailleux !

Tant pis. Ce n'était pas le moment. Jess voulut prendre une canette de Coca dans le frigo.

Non, il valait mieux s'en tenir à l'eau plate. Fred et elle avaient beau être intimes, ils n'en étaient pas encore au stade des gaz. C'était plus raisonnable que leurs jeans respectifs restent silencieux en présence l'un de l'autre.

Elle but goulûment un verre d'eau en se regardant dans le miroir. On aurait dit un serpent qui engloutissait une famille de gerbilles. Pas très ragoûtant.

– Jess, as-tu vu mon dentier ? s'éleva derrière elle une voix spectrale. Pourtant, ce n'était pas un fantôme. Juste sa grand-mère. En réalité, elle avait dit : « Jeff, as-tu fu mon dentier ? » Parce que sans son dentier, elle était incapable de prononcer les « s » et les « v ». Du coup, Jess devenait Jeff. C'était un tout petit peu insupportable. Jess voulait bien changer de sexe, mais quitte à devenir un garçon, elle tenait à s'appeler Brad, pas Jeff.

– Tu as cherché sous ton oreiller ? demanda Jess.

Au bout de quelques secondes dans la chambre de sa grand-mère, Jess avait remis la main sur le dentier.

– Jeff, tu es formidable avec les objets ferdus, dit sa mamy. Tu defrais travailler aux bagages égarés à l'aéroport, plus tard.

– Non, mamy, tu ne te souviens pas ? Je t'ai déjà expliqué que je veux devenir comique, rétorqua Jess. Ce n'est pas aussi glorieux que les bagages perdus à l'aéroport, mais il faut bien que quelqu'un se charge de la difficile tâche de faire rire les gens.

Sa grand-mère prit son dentier dans la main comme c'était une marionnette.

– Bonjour Jeff, dit-elle de la voix aiguë qu'elle utilisait quand elle faisait parler ses dents. Qu'est-fe qu'on mange fe foir ? dirent les dents en claquant comme si elles mouraient de faim.

Ce sketch amusait Jess quand elle était petite, mais maintenant, il était un peu limite. Surtout qu'à cet instant, Jess ne pensait qu'à une seule chose : se réfugier dans les bras de Fred le Fabuleux. Elle fit un petit rire poli en opérant une retraite dans le couloir.

– Bon, c'est l'heure du journal télévisé, dit sa mamy en introduisant avec habileté le dentier dans sa bouche. Il y a eu une explosion en Pologne. Ils craignent des centaines de morts.

Sa grand-mère était complètement accro aux catastrophes les plus abominables.

– Mamy, je sors, dit Jess en regardant sa montre. Je dois dire au revoir à mes amis avant qu'on parte en vacances.

– Ah, ces vacances merveilleuses ! Je suis impatiente, toi aussi, non ? Ton grand-père et moi avons passé notre voyage de noces en Cornouailles, tu sais.

Jess n'avait entendu cette histoire que 99 999 fois. « Je t'en supplie, mamy, pensa-t-elle de toutes ses forces, ne me raconte pas l'histoire une fois de plus, ou je t'enferme dans le placard sous l'escalier. »

– Tu sais, reprit sa grand-mère d'un air tout excité, j'emporte les cendres de grand-père pour les disperser dans la mer !

Jess sourit entre ses dents serrées tout en attrapant la poignée de la porte.

– C'est formidable, mamy. Une idée formidable ! Disperser ses cendres dans la mer… Grand-père va enfin pouvoir faire de la plongée sous-marine !

Sa mamy éclata de rire. Cette bonne femme était vraiment incroyable. Elle rirait sans doute encore le jour de son propre enterrement.

– Excuse-moi, mamy, mais je dois vraiment y aller. Flora m'attend dans le parc.

– D'accord, ma chérie, je te raconterai l'explosion en Pologne à ton retour ! lui promit sa grand-mère en trottinant vers le salon.

Il était cinq heures moins une, et elle risquait de rater l'annonce d'une nouvelle catastrophe. Elle habitait avec Jess et sa mère depuis quelque temps, et sa présence avait apporté un véritable rayon de soleil dans leur maisonnée. Mais ce jour-là, Jess était préoccupée.

Elle sortit de la maison en courant et dévala la rue. Elle avait menti au sujet de Flora. C'était un prétexte. Celui qu'elle voulait voir, c'était Fred. « Mon Dieu, je vous en supplie, priait-elle en réduisant à chaque foulée son écart avec la maison bénie du divin Fred, mon Dieu, je vous en supplie, épargnez-moi ces affreuses vacances ! Tordez-moi la cheville ! Les deux chevilles ! Et faites que Fred soit chez lui ! »

2

Pendant qu'elle courait, Jess essaya de réfléchir. La situation paraissait vraiment désespérée. Le meilleur été de sa vie se transformait en cauchemar.

Jess et Fred étant désormais unis par leurs baisers, ils avaient prévu de passer l'été dans le parc. Ils pique-niqueraient chaque jour sous un arbre différent. Ils avaient même prévu quelques descentes en bus jusqu'au centre-ville, sans oublier des promenades en forêt ou sur la plage, « comme dans une pub pour assurance vie », avait dit Fred.

Et, bien sûr, à la tombée de la nuit, ils passeraient d'épuisantes heures à s'embrasser, blottis dans les bras l'un de l'autre. Chaque soir de la semaine précédente, Fred lui avait dit bonsoir en l'embrassant sous un arbre près de la grille du parc. Jess en frissonnait encore.

Le premier soir, Fred avait murmuré :

– Bon, autant se jeter à l'eau tout de suite pour

le fameux baiser du soir. Ça fait des heures que je mâche un chewing-gum en prévision de cet instant.

Puis il avait élégamment craché son chewing-gum dans une poubelle, et ils s'étaient jetés à l'eau ensemble.

Leur premier baiser. Long, lent, délicieux. Le cœur de Jess avait fait des bonds dans sa poitrine. Puis, quand ils s'étaient enfin arrachés l'un à l'autre, Fred avait murmuré :

– Alors, c'était vraiment atroce, non ?

– À vomir ! avait soupiré Jess en posant la tête contre sa poitrine.

Mais quelle idée la mère de Jess avait-elle d'organiser des vacances juste cet été-là ? Celui où, justement, ne pas partir en vacances équivalait au paradis sur terre ? N'importe quelle autre année, Jess aurait rêvé d'aller rendre visite à son père chéri, quoiqu'un peu cinglé, de l'aider à peindre ses tableaux sordides de mornes plages avec des mouettes échouées, mais là... toute idée de vacances s'assimilait à de la torture.

Inutile que Jess raconte ça à sa mère. Elle aurait juste les pires ennuis du monde. La mère de Jess n'était pas très petits amis. Elle ne haïssait pas les hommes, c'est juste que les seules personnes de sexe masculin autorisées à pénétrer chez elle étaient les plombiers en cas de fuite et les réparateurs en cas de panne.

Jess craignait parfois de ne jamais avoir le courage de passer outre les opinions de sa mère et de se marier. Il faudrait qu'elle aille vivre à des milliers de kilomètres, en Nouvelle-Zélande au moins, et qu'elle prétende que son mari était un chien husky qui s'appelait Henry.

Elle arriva chez Fred hors d'haleine. Elle ne s'était pas arrêtée une seule fois en chemin. « Pour retrouver la ligne, plutôt que de prendre un abonnement dans un gymnase, tombez amoureux, ça coûte moins cher ! » pensa-t-elle. Elle sonna en essayant de prendre un air posé et langoureux, malgré ses joues rouges et ses poumons qui sifflaient comme un orgue rongé par les termites dans une église à l'abandon.

Le père de Fred vint ouvrir. Derrière lui, dans le poste de télévision, Jess entendit un match de foot.

– Fred est là ? demanda-t-elle d'une traite.

Le père de Fred secoua la tête en répondant :

– Il est sorti.

– Oh non ! Et vous savez où ? s'écria Jess d'un ton désespéré.

Il haussa les épaules.

– Aucune idée, dit-il de l'air de celui qui veut en finir au plus vite.

Il ne proposa pas à Jess de l'attendre chez eux. La mère de Fred, elle, aurait su gérer la situation. Elle aurait fait asseoir Jess dans la cuisine en lui offrant une délicieuse boisson et un merveilleux petit sandwich, et lui aurait donné des albums photos de Fred bébé.

Mais son père était vraiment trop nul.

– Excuse-moi, dit-il comme les cris se faisaient plus fébriles dans le poste. Je dois retourner voir le match.

Et, avec un sourire contrit, il lui claqua la porte au nez.

Jess était dévastée, paralysée, hébétée. La rue de Fred semblait plongée dans le noir. Des nuages s'étaient rassemblés et des vautours volaient au-dessus de sa tête. Elle sentit les larmes lui monter aux yeux, mais réussit à les ravaler. Que faire ? Où aller ? Jess vivait un drame, et juste au moment où elle avait le plus besoin de Fred, il disparaissait. Mystérieusement et insupportablement.

Elle n'avait plus qu'un espoir. Flora, sa meilleure amie. Heureusement, Flora n'était pas encore partie en vacances. Elle s'envolait deux jours plus tard pour un périple au Costa Rica. Jess ignorait totalement où se trouvait le Costa Rica, mais la brochure laissait supposer que Flora allait se promener dans des forêts vierges peuplées de magnifiques oiseaux et papillons colorés et se reposer sur des plages tropicales à l'ombre de palmiers qui s'agiteraient doucement dans la brise.

Les parents de Flora pouvaient s'offrir ce luxe parce que son père était une huile dans le commerce de salles de bains. Mais pour une fois, Jess n'était pas jalouse, car elle ne rêvait à rien d'autre qu'à passer l'été dans le parc avec Fred.

Il y avait eu des moments difficiles entre elles quelques semaines plus tôt, juste avant que Jess et Fred sortent ensemble, quand Flora lui avait avoué qu'elle était folle de Fred. Mais Fred ayant juré son incompréhensible préférence pour la brune et imparfaite Jess plutôt que pour la blonde et parfaite Flora, cette dernière avait fait preuve d'une étonnante maturité. Elle s'était contentée de bouder pendant trois jours.

Jess repartit en courant. Elle avait désespérément besoin de réconfort, or Flora était en général très forte pour sortir quelques douces paroles et un chocolat chaud.

Freya, la sœur aînée de Flora, ouvrit la porte. Freya faisait un double cursus à Oxford : maths et sex-appeal. Comme tout membre de la famille de Flora, elle était illégalement blonde et belle. Mais aussi un peu éthérée et rêveuse, ce qui ajoutait à son charme angélique. Si Jess avait voulu être éthérée et rêveuse, elle aurait juste paru lourde et débile.

– Oh, bonjour Jess, murmura Freya. Flora, où est Flora déjà ? Euh, au salon avec maman, je crois…

Et elle partit résoudre d'impossibles équations

ou se vaporiser du spray à la camomille sur les cheveux. Jess retira ses chaussures – comme à la mosquée, on n'avait pas le droit d'entrer chez Flora chaussé – et se dirigea sur la pointe des pieds vers le salon. Elle rêvait d'avoir Flora pour elle toute seule afin de se répandre en sanglots sur son épaule.

Mais en ouvrant la porte, un spectacle incroyable lui sauta aux yeux. La mère de Flora, qui dans ses bons jours aurait fait un parfait sosie de Madonna, était couchée sur le canapé, une joue tuméfiée, un œil au beurre noir et une jambe dans le plâtre ! Mais que s'était-il passé ? Apparemment, c'est Jess qui allait devoir apporter du réconfort à la famille, et non l'inverse. La vie était trop injuste !

3

– Jess, ma chérie, entre, n'aie pas peur. Même si j'ai l'air de sortir d'un film d'horreur! dit la mère de Flora.

Flora était assise au pied du canapé. On voyait qu'elle avait pleuré : ses yeux étaient rouges et enflés. Ce qui ne l'empêchait pas d'être toujours plus belle que Jess.

– Qu'est-ce qui s'est passé? dit Jess en s'asseyant près de Flora.

– Je me suis bêtement cassé la figure en sortant de la baignoire, qui était glissante à cause de l'huile de bain, expliqua la mère de Flora.

– C'est moi qui lui avais offert cette huile pour son anniversaire! se lamenta Flora. C'est ma faute! Et comme maman a la jambe cassée, on a dû annuler nos vacances!

– Oh non! s'écria Jess.

Elle savait combien Flora rêvait d'aller explorer la forêt des nuages et observer les macaques.

– Ce n'est pas grave, ma chérie, dit Mrs Barclay en caressant les cheveux de Flora. Jess est venue te remonter le moral! N'est-ce pas, Jess?

Jess acquiesça de l'air le plus chaleureux possible. Elle était pourtant venue exactement pour le contraire. Pour que Flora lui remonte le moral !

Quelle ironie du sort… Flora était désespérée parce que ses vacances venaient de disparaître dans le trou de la baignoire. Et Jess était désespérée parce qu'elle venait d'hériter de vacances non désirées. Et elle aurait rêvé de disparaître par le trou de la baignoire avec les vacances de Flora.

– Comment va ta mère, Jess ? s'enquit Mrs Barclay.

Flora regardait fixement le tapis. C'était visiblement à Jess de remonter le moral de toute la famille, par exemple avec quelques remarques amusantes sur sa mère.

– Eh bien, maman est folle de joie, commença-t-elle platement. Parce que nous partons en… s'interrompit-elle. (Était-ce déplacé de parler de vacances ?) En voyage. En fait, nous allons rendre visite à mon père.

– En voyage ! s'exclama la mère de Flora, les yeux pétillants. Mais c'est formidable, Jess. Ton père habite Saint-Ives, n'est-ce pas ? J'adore Saint-Ives ! Ses plages ! Ses galeries d'art ! Tu vas passer de merveilleuses vacances !

– J'en doute, répondit Jess d'un air sceptique. On ne peut pas dire que ma mère et mon père s'entendent bien. Et puis ma mamy nous accompagne. Elle veut disperser les cendres de mon grand-père dans la mer.

– Quelle fantastique idée ! dit la mère de Flora, d'un ton malgré tout moins enjoué. C'est à la fois si romantique et si triste. Quand mon heure viendra, j'aimerais qu'on disperse mes cendres dans la mer, Flora. N'oublie pas ça, ma chérie.

L'espace d'une seconde, Flora donna l'impression d'avoir envie de jeter sa mère dans la mer. Ou bien elle-même, allez savoir. Parfois, dans la vie, on hésitait entre le suicide et l'homicide, c'était visiblement le cas de Flora à cet instant.

– Tu vas faire un très beau voyage ! Quelle route allez-vous prendre ? demanda la mère de Flora.

– Je ne sais pas trop… C'est vraiment tout nouveau, reconnut Jess. Maman a parlé de vieilles abbayes.

– Des vieilles abbayes ! s'exclama à nouveau la mère de Flora comme si elle était prête à en dévorer une pour peu qu'elle soit recouverte de chantilly. Tout cela a l'air merveilleux, Flora ! Jess a beaucoup de chance, n'est-ce pas ?

Flora s'extirpa de sa dépression pour tendre une main vers Jess.

– Oui, je suis sûre que tu vas bien t'amuser.

Mais sa voix était pleine de soupirs. Ses vacances annulées étaient de toute évidence bien plus passionnantes que les vieilles abbayes de Jess.

La tragédie de Jess était totalement éclipsée par les malheurs des Barclay. La famille de Flora était, comme toujours, supérieure à tout le monde. Même leurs catastrophes étaient plus intéressantes que les autres.

La mère de Flora grimaça de douleur en voulant changer de position sur le canapé.

– Aïe, je suis vraiment handicapée.

Jess ne put s'empêcher d'éprouver un peu de jalousie. Quel gâchis, cette jambe cassée qui causait tant de soucis à la mère de Flora, alors que Jess l'aurait volontiers acceptée ! Puis elle se demanda ce qu'on pouvait faire avec une jambe cassée. La liste n'était pas très longue.

– Qu'est-ce que vous diriez de faire un puzzle ? suggéra Jess d'un air hésitant.

– Oh oui, j'adore les puzzles ! lança la mère de Flora. (Cette femme était tellement décidée à prendre la vie du bon côté que si Jess avait suggéré d'aller faire du ski nautique, Mrs Barclay aurait aussitôt inventé le monoski nautique.) Quelle formidable idée ! Flora, va chercher le puzzle de la famille royale !

Flora disparut, et sa petite sœur Felicity apparut avec sa flûte.

– Maman, tu veux bien écouter mon solo ? Je le répète depuis des heures, mais il y a un passage que je ne joue pas assez vite.

– Bien sûr, ma chérie.

C'était le moment où la soirée passait de terrible à insupportable. Jess n'avait plus qu'à serrer les dents.

Ainsi, plutôt que de se lamenter sur son sort auprès d'une Flora qui lui délivrerait amour et réconfort, Jess dut écouter Felicity jouer et rejouer son morceau de flûte tout en cherchant les visages de la famille royale en mille morceaux.

Elle fut presque soulagée de se retrouver seule dans la rue sombre. Au moins, elle pouvait se complaire dans son malheur sans avoir à remonter le moral de gens encore plus déprimés qu'elle.

Dès le lendemain, elle devrait faire ses bagages. Or elle n'avait toujours pas vu Fred pour lui annoncer l'atroce nouvelle. Les réverbères étaient allumés, et des petites mares de lumière ponctuaient l'obscurité des grands arbres. Jess était à cent mètres de chez elle quand une silhouette encapuchonnée surgit d'une haie.

Une agression ! Quelle fin idéale pour une journée aussi atroce ! La silhouette était bien plus grande qu'elle, son visage invisible dans l'obscurité. Le cœur de Jess se mit à battre à tout rompre, et elle imagina les gros titres dans le journal du lendemain : « Une jeune fille assassinée à cent mètres de chez elle. »

« Mon Dieu, à l'aide ! fit-elle dans une prière silencieuse. Je profiterai de chaque instant de ce voyage avec ma mère si je survis ! »

La silhouette la prit par le bras.

– Hé, pas si vite, dit une voix à la fois rauque et grinçante. Tu ne vas pas t'échapper comme ça. Je suis le fantôme masqué, et je vais goûter à ton sang chaud !

Du Fred tout craché.

4

Jess fut engloutie par un gigantesque baiser.

– Ça fait trois heures que je t'attends, gémit Fred dans ses cheveux. J'ai été filmé par toutes les caméras de surveillance du quartier. Je suis suspect numéro un pour chaque crime commis dans les environs. Mais où étais-tu ? Tu me trompes déjà ? Avec qui, un raton laveur ?

Jess gloussa dans son tee-shirt. Fred arrivait à la faire rire même dans les moments les plus tristes.

– Quel raton laveur ? lança-t-elle d'un ton indigné.

– Ben Jones, évidemment. Je sais que tu es toujours amoureuse de lui. Tu meurs d'envie de passer les doigts dans sa magnifique chevelure blonde de capitaine de foot. Admets-le !

– N'importe quoi, Fred, dit Jess. C'est avec toi que je suis, tu n'as pas remarqué ? Je suis passée chez toi à cinq heures, et tu n'y étais pas. Où étais-tu ? Tu donnais des cours particuliers à Jodie ?

– Ah… J'étais parti en ville pour faire quelque chose de très spécial.

Il plongea la main dans son blouson et en sortit une petite enveloppe blanche.

Jess savait, au fond d'elle-même, qu'elle devait lui annoncer la terrible nouvelle de ses vacances en famille, mais elle se sentait encore incapable d'aborder le sujet. Rien que d'être avec Fred la consolait. En plus, il agitait une petite enveloppe au-dessus de sa tête. Jess sauta pour l'attraper, mais Fred était tellement plus grand qu'il n'avait qu'à lever le bras pour mettre l'enveloppe hors de sa portée.

– J'ai l'impression de jouer avec un chiot, dit-il d'un ton moqueur. On va se promener, toutou ?

– Donne-moi ça, supplia Jess. Ou alors je me transforme vraiment en petite chienne qui fait pipi sur tes chaussures.

– Tentant, fit Fred. Bon, d'accord, tu peux avoir l'enveloppe. Mais ça va te coûter… on va dire un baiser.

Jess se jeta dans ses bras.

Elle avait lu quelque part qu'on ne devait jamais faire le premier pas avec les garçons. Qu'il fallait toujours se montrer élégante et retenue. C'était un article sur la grâce féminine, ou un truc comme ça. Jess ne doutait pas d'avoir un taux de grâce égal à zéro. Mais son seul espoir de garder Fred, c'était de s'accrocher à lui sans jamais le lâcher. Ainsi, sans élégance ni retenue, ils s'embrassèrent.

C'était fabuleux. Cinq minutes plus tard, ils se désincarcéraient pour respirer. Dans un monde parfait, ils auraient pris une douche à la mi-temps, eu droit à un briefing par leur entraîneur ainsi qu'à une boisson énergétique. Mais ils durent se contenter de la rue sombre et déserte.

Avec ce baiser, Jess avait oublié à la fois l'enveloppe et la terrible nouvelle. Peut-être sa mère avait-elle raison quand elle disait que les hommes, ça vous détruisait le cerveau. Elle leva les yeux vers Fred, et Fred baissa les yeux vers elle. Puis il émit un bruit qui ressemblait à celui d'un bébé chouette. Depuis qu'ils se connaissaient, c'est-à-dire depuis qu'ils s'étaient rencontrés au bac à sable, ils s'amusaient à imiter des animaux.

Fred lui tendit la petite enveloppe blanche avec un geste grandiloquent. Jess était extrêmement intriguée. Ses mains en tremblaient presque. L'enveloppe était si blanche, si belle, si neuve, si scintillante à la lueur du réverbère.

Elle voulut l'ouvrir avec douceur et délicatesse, élégance et retenue. Mais elle se coinça le petit doigt dans le rabat et finit par tout déchirer en poussant un cri d'impatience. L'enveloppe contenait deux billets. Un instant, Jess ne vit rien dans le noir. Puis elle reconnut les lettres. Le festival de Riverdene. Trop génial ! Le festival de musique de Riverdene ! En plus, cette année, tous les groupes préférés de Jess y jouaient !

– Deux billets pour Riverdene, annonça Fred. Je me suis dit qu'on pourrait y faire un saut la semaine prochaine. Ça fait des mois que j'économise mon salaire du dimanche matin chez le marchand de journaux et que je cache mon butin dans un coffre-fort sous mon lit. Ma mère a dit qu'on pouvait prendre l'une de nos tentes, et si ta mère n'aime pas trop l'idée qu'on partage la même, on peut prendre les deux. Histoire de la rassurer. Qu'est-ce que t'en dis ?

Jess était en état de choc. Il n'y aurait rien eu de plus merveilleux que d'aller à Riverdene avec Fred. Mais ça tombait si mal ! Elle eut l'impression que son cœur se fendait en deux. Inutile d'avoir le moindre espoir. Mais Fred la mangeait des yeux, et elle ne pouvait le décevoir. Alors, pendant quelques instants, elle resta muette.

– Bien sûr, tu as le droit d'hésiter, dit-il pour combler le silence, avec tout de même un soupçon d'inquiétude dans la voix. Je comprends que passer plusieurs jours dans un champ en compagnie de centaines d'ados pas douchés t'emplisse de dégoût. Bien sûr. Peut-être est-ce notre future promiscuité qui provoque tes hésitations ? Je te promets que si tu l'exiges, je planterai ma tente à cinq cents mètres de la tienne. Que je ne te parlerai qu'à une distance respectable. Ou alors uniquement par SMS.

Jess éclata de rire, mais ses yeux s'emplissaient de larmes. Pauvre Fred ! La merveilleuse surprise qu'il voulait lui faire rendait les vacances de Jess encore plus tragiques.

– Sans oublier l'inconfort de la vie au grand air, reprit Fred. Mais permets-moi de te dire que les prévisions météo sont bonnes. Même si personnellement, j'aime bien la pluie. Il faut dire que les prévisions à long terme ne sont pas très fiables, donc il est toujours possible, et même probable, qu'il pleuve à Riverdene.

Jess continuait à garder le silence. Mais une larme roula sur sa joue. Fred lui passa un bras autour des épaules.

– Qu'est-ce qu'il y a ? demanda-t-il.

Il était très rare que Fred fasse une phrase si courte. Il sentait qu'il y avait un souci.

Jess le regarda en secouant tristement la tête.

– Ce serait formidable, dit-elle. C'est adorable, Fred. Dépenser toutes tes économies pour me faire cette surprise trop géniale. Mais il y a un problème.

– Lequel ?

Il n'avait prononcé qu'un mot. Encore plus étonnant de sa part. Pourtant, il ignorait encore le pire.

– Ma mère m'a annoncé cet après-midi qu'elle m'emmenait en vacances après-demain.

Les épaules de Fred s'affaissèrent. Tout à coup, il eut l'air de ne plus mesurer qu'un mètre soixante-quinze. Et il dit… il ne dit rien.

Que Fred reste sans voix était sans doute une première mondiale.

5

– Le pire, sanglota Jess, c'est qu'on va partir une éternité. Peut-être plusieurs semaines.

Les larmes, ça n'était pas le plus terrible. Parce que quand les yeux s'emplissaient de larmes, le nez aussi !

– Désolée, dit-elle, je suis vraiment répugnante.

Fred attrapa une feuille sur une branche. Et la lui offrit.

– Mouche-toi avec ça, suggéra-t-il.

Jess essaya, mais la feuille n'était pas absorbante et ne fit qu'empirer l'état de son visage. Même la nature se liguait contre elle.

– Tiens, dit Fred en tirant un pan de sa chemise pour lui essuyer tendrement le visage. Ne pleure pas. Ce n'est pas grave. Tout va bien. Je vais emmener Jodie à ta place, c'est tout.

– Espèce de salaud ! hurla Jess en se dégageant de ses bras pour le taper de toutes ses forces.

Ils firent semblant de se battre quelques instants. Fred riait, mais on le sentait triste.

– C'était une blague, je te le jure! dit-il. Je ne partagerais pas ma tente avec Jodie, même en Antarctique, même si ma vie en dépendait!

– N'empêche, c'est pas drôle, hein? soupira Jess. Quelle idée pourrie, ces vacances. Tout se ligue contre nous.

– Allez, au moins, nos familles ne sont pas en guerre, la consola Fred. (Ils venaient de voir *Roméo et Juliette*.) Pour ma mère, tu es une princesse. En fait, si tu étais à vendre sur eBay, je pense que ma mère t'achèterait pour te mettre à ma place.

– Ta mère est trop cool, soupira Jess.

– Elle pense que tu es mon seul espoir de ne pas finir en prison. Je suppose que tu n'as toujours pas parlé de nous à la tienne?

Il avait l'air très légèrement irrité. À force, le silence de Jess allait finir par poser un problème entre eux.

Jess poussa un nouveau soupir. Elle était ravie que la mère de Fred l'apprécie, car elle aussi l'adorait. Mais si sa propre mère ne voyait rien à redire à Fred en tant qu'individu, en revanche, si elle apprenait qu'il était devenu le petit ami de sa fille, elle le placerait immédiatement dans la catégorie vermine et poserait un piège à garçons devant la maison.

– Quel genre de vacances? demanda Fred. Places réservées et tout ça?

– Je ne pense pas, fit Jess. Connaissant ma

mère, qui décide toujours tout à la dernière minute… Elle veut me faire visiter l'Angleterre, me torturer avec des monuments et des plantes sauvages. On va jusqu'à Saint-Ives, en Cornouailles, voir mon père.

– Ton père ! s'écria Fred. Mais ça fait des siècles que tu rêves d'y aller. Tu n'arrêtes pas de me soûler avec ça. Et je suis sûr que ce vieil excentrique sera ravi de te voir, lui aussi.

Fred réfléchit un moment, puis eut l'air d'avoir une idée.

– Eh, si rien n'est vraiment fixé, peut-être que ta mère voudra bien décaler votre voyage de quelques jours. Comme ça, on pourrait aller à Riverdene. (Mais même Fred ne semblait pas très convaincu.) Pose-lui au moins la question. Explique-lui la situation. Rappelle-lui mes nombreuses qualités.

– Je vais essayer, dit Jess le cœur lourd. Mais n'espère pas un miracle.

– Dans ce cas, rentre chez toi, fais la vaisselle, dis-lui qu'elle est la meilleure mère du monde. Malheureusement, les fleuristes sont fermés à cette heure, mais comme tu l'as dit, tout se ligue contre nous. Tu pourrais faire passer Riverdene pour un voyage pédagogique.

Jess soupira :

– Je vais essayer. Mais pour être honnête, je ne pense pas qu'il y ait la moindre chance qu'elle accepte.

– Tente quand même le coup. Et envoie-moi un SMS quand tu connaîtras sa réaction. Je me sens un besoin urgent d'aller me réfugier sur mon canapé pour regarder un film méga-violent. Que ferions-nous sans ces nourritures intellectuelles ? Tarentino, j'arrive ! Mais d'abord, si j'ose… Le baiser du soir ?

Dix minutes plus tard, Jess se détachait à regret de Fred.

– Envoie-moi un SMS, chuchota-t-il. Je vais l'attendre avec une impatience encore inégalée.

– D'accord, mais il faut d'abord que je retrouve mon portable.

Jess termina au pas de course les cent mètres qui la séparaient de sa maison. Devant chez elle, elle se retourna. Fred, toujours sous le réverbère, la regardait. Il lui fit signe de la main. Jess en eut un frisson.

Fred faisait les plus beaux signes de la main au monde ! Jess dut arracher son regard de lui, et son moral chuta vertigineusement tandis qu'elle traversait le jardin. S'apercevant qu'elle avait oublié ses clés, elle sonna.

Cinq secondes plus tard, sa mère ouvrit violemment. En tremblant de rage.

– Mais où étais-tu passée ? hurla-t-elle. Non mais tu as vu l'heure ? Onze heures dix ! Tu te volatilises à cinq heures, et plus aucune nouvelle depuis ! Pas un coup de fil, pas un SMS ! Pour ce que j'en savais, tu pouvais être morte !

Tu pouvais avoir été jetée dans un fossé ! Je me suis fait un sang d'encre !

– Je suis désolée, dit Jess d'une toute petite voix en filant devant sa mère comme un chien qui craint un coup de bâton.

Sa mère n'aurait jamais levé la main sur elle, mais sa langue féroce valait bien une volée de bois vert.

– J'étais chez Flora.

– Dans ta chambre ! rugit sa mère. Je ne veux plus entendre un seul mot de toi ! Tu me tueras ! Avec tout ce que je fais pour toi, t'aimer, m'intéresser à toi, t'offrir des vacances agréables, qu'est-ce que je reçois en retour ? Une grande gifle !

– Je suis désolée, maman, dit Jess depuis le haut des marches. Vraiment désolée.

Ce n'était pas le moment de lancer le sujet de Riverdene. Et ça risquait de ne pas être le moment pendant des semaines, des mois, des années.

6

Jess réapparut le lendemain matin les yeux gonflés. Elle avait fait un cauchemar où, dans un moment de folie, elle mettait la gerbille d'un ami à cuire au micro-ondes. Il y avait de meilleures façons de commencer la journée.

Sa mère lui lança un regard noir par-dessus son bol de petit déjeuner. Sa mamy souriait d'un air béat en lisant le journal dans lequel un article expliquait comment un fou avait assassiné des gens à coups de pelle dans un jardin public.

Jess embrassa le front de sa mamy et passa les bras autour des épaules de sa mère.

– Inutile de vouloir m'amadouer, je suis toujours furieuse à propos d'hier soir.

– Ne jamais laisser le soleil se lever sur ta rage, Madeleine, dit mamy.

Un peu osé de la part d'une femme qui ne vivait que pour les crimes les plus atroces.

– Je suis vraiment désolée, maman, insista Jess en mettant son portable à recharger. (Elle avait fini par le retrouver sous une pile de magazines par terre dans sa chambre.) Je ne t'ai pas appelée parce que mon portable n'avait plus de batterie.

Et hop, premier mensonge de la journée. Même s'il n'était pas bien méchant. Car son portable n'avait réellement plus de batterie. Mais la veille au soir, Jess ne savait même pas où il était. C'était donc un mensonge bâti sur la vérité. Un peu comme ces chocolats qui cachent une noisette en leur centre. Croyant s'être tirée d'un premier faux pas, Jess se servit un bol de corn flakes.

– Tu pouvais téléphoner de chez Flora, rétorqua sa mère d'un air furieux.

Imparable. Jess se contenta de hausser les épaules d'un air contrit.

– Je suis vraiment, vraiment désolée, dit-elle en mélangeant ses corn flakes de l'air le plus innocent possible. Je ne le ferai plus.

– Bon, fit sa mère en débarrassant son bol et en rassemblant des affaires dispersées sur la table.

Elle plaça une pile de guides et de cartes routières dans un carton qui avait un jour contenu des boîtes de conserve de haricots blancs.

« Ma famille est vraiment trop nulle, pensa Jess. Ce n'est pas nous qui partirions en voyage avec de belles et vieilles malles en cuir comme celle de Flora. »

Jess se demanda comment aborder le sujet de

Fred et de Riverdene. Peut-être n'allait-elle tout simplement jamais trouver le courage.

– Et comment va Flora ? demanda mamy, espérant peut-être que cette dernière ait été récemment arrêtée pour meurtre.

– Elle a le cœur brisé, dit Jess. Sa famille a dû renoncer à ses vacances au Costa Rica car sa mère s'est cassé la jambe.

– Quoi ? fit la mère de Jess, interrompant ce qu'elle faisait. Oh non ! Ces vacances qui s'annonçaient merveilleuses ! Mais c'est terrible ! Que lui est-il arrivé ?

– Elle a glissé dans la salle de bains, dit Jess, soulagée de parler d'autre chose que de ses délits. En sortant de la baignoire.

– Quelle horreur ! Pauvre Flora ! Elle qui était si heureuse de partir au Costa Rica ! s'écria sa mère, l'air sincèrement désolée.

Jess sentit l'énervement la gagner. D'accord, on pouvait ressentir de la compassion pour Flora, mais Jess aurait aimé aussi que sa mère soit plus indulgente avec ses propres soucis. Même si, en fait, ses soucis venaient justement de sa mère.

Tout à coup, une idée géniale lui vint, comme une banane mûre expédiée par avion, et non pas cueillie verte et envoyée par bateau, pour une fois.

– Mais j'ai une solution pour Flora.

– Laquelle ?

– Elle m'a invitée à l'accompagner à Riverdene, annonça Jess dans un dangereux éclair de génie.

Sa mère ne verrait sans doute pas d'inconvénient à ce qu'elle aille à Riverdene avec Flora. Et Jess partirait en secret avec Fred en faisant croire qu'elle était avec Flora. Flora accepterait d'être dans le coup. De toute façon, elle n'avait pas le choix ! Jess avait menti des centaines de fois au père de Flora à la fin de l'année, quand son amie sortait avec Mackenzie.

– Mais Riverdene a lieu la semaine prochaine, non ?

– Oui, mais… (Jess rassembla toute la persuasion dont elle était capable.) Si on retardait un peu nos vacances, ça me permettrait d'aller à Riverdene, non ? Ça te laisserait plus de temps pour repérer toutes les vieilles abbayes. Et ça ferait tellement plaisir à Flora !

La mère de Jess hésita. C'était clair qu'elle allait refuser, et qu'elle cherchait une bonne raison.

– C'est hors de question. Déjà, ces billets coûtent une fortune.

– Flora a déjà pris les billets, répondit Jess sans réfléchir. Elle a dit qu'elle m'offrait ma place. Comme cadeau d'anniversaire. Maman, ça lui remonterait vraiment le moral. Hier, elle a pleuré pendant des heures. Elle avait les yeux tout rouges.

La mère de Jess avait beau être quatre-vingt-quinze pour cent contre, cinq pour cent d'elle-même se sentaient désolés pour Flora, et pouvaient peut-être accepter de retarder ses vacances.

Jess était au supplice. C'était dangereux de faire passer Flora pour Fred, mais ça pouvait marcher. Si la mère de Jess disait oui, Jess devrait briefer Flora au plus vite au cas où leurs mères se contactent. En fait, Flora risquait d'être obligée d'aller à Riverdene pour servir de prétexte.

Ce qui n'était pas forcément la meilleure chose au monde. Jess adorait Flora et adorait Fred. Que se passerait-il si Flora se mettait à draguer Fred ? Si, autour d'un feu de camp, le regard de Flora croisait celui de Fred à travers les flammes ? Si le cœur de Fred s'arrêtait de battre juste le temps de se rendre compte qu'il était amoureux de Flora, et non de Jess ?

– C'est hors de question, répéta la mère de Jess.

Jess se sentit presque soulagée. Après cette vision cauchemardesque de Fred et de Flora, elle n'avait plus très envie d'aller à Riverdene. Et elle était terrorisée d'avoir raconté un mensonge aussi énorme à sa mère.

– Bon, bon, dit-elle. De toute façon, je n'ai jamais espéré que tu acceptes. OK, on n'en parle plus. Alors mamy, combien de personnes le type a tuées avec sa pelle ?

– En revanche, je ferais bien d'appeler la mère de Flora, dit la mère de Jess, tout à coup prise d'une dangereuse politesse. Pour m'excuser à propos de Riverdene. Et l'assurer de ma sympathie pour sa jambe.

– Non, cria tout à coup Jess paniquée. Ne l'appelle pas !

Sa mère lui lança un regard soupçonneux.

– Et pourquoi ça ?

Jess ne trouva rien à répondre et se mit à bafouiller. Mais pourquoi avait-elle été inventer ce mensonge débile ?

– Parce que… la mère de Flora a dit hier soir qu'elle en avait assez de tous ces gens qui téléphonent. Que ça la démoralisait encore plus.

Et là, horreur, Jess rougit devant la faiblesse de son excuse.

Sa mère sentit qu'il y avait anguille sous roche. Elle repoussa Jess, attrapa le téléphone et composa le numéro de Flora.

– Quelle heure est-il, ma chérie ? demanda tout à coup mamy, comme si elle débarquait d'une autre planète.

Jess soupira. L'heure de courir aux abris. Car une terrible odeur de soufre allait bientôt envahir la maison.

7

Le moment était à la prière fervente et silencieuse. La mère de Jess attendit que quelqu'un décroche chez Flora en lançant des regards noirs à sa fille. Cette dernière tenta de prendre un air détaché tout en imaginant des plans d'évasion réalisables dans la seconde, du genre courir aux toilettes et disparaître d'un coup de chasse d'eau.

– Mrs Barclay ? dit tout à coup sa mère. (Le cœur de Jess descendit au niveau de son estomac). Ah, bonjour Freya, je suis désolée. Tu as vraiment la même voix que ta mère. Je voulais l'assurer de ma sympathie à l'occasion de son terrible accident. (Heureusement qu'à ce sujet au moins, Jess n'avait pas menti.) Puis-je lui parler ? Ah, je vois. Eh bien, dans ce cas, je réessaierai plus tard. Au revoir.

La mère de Jess reposa le téléphone.

– Elle est en train de se laver. Ce qui prend du temps à cause de sa jambe dans le plâtre. Une infirmière est là pour l'aider, si bien qu'elle n'est pas disponible pendant une demi-heure.

Jess savait qu'elle devait dissimuler son intense soulagement sous une indifférence totale.

– Bon, eh bien, je crois que je vais aller faire mes bagages, déclara-t-elle.

Il fallait qu'elle appelle Flora tout de suite. Elle espérait juste que son portable soit assez chargé. Elle l'arracha à la prise d'un geste désespéré.

– Moi aussi, il faut que je finisse mes bagages, dit sa mère en se dirigeant vers l'escalier.

Oh non ! Jess ne pouvait pas téléphoner à Flora de sa chambre sans que sa mère entende.

– En fait, je fais d'abord un saut à l'épicerie, dit Jess. J'ai besoin de chewing-gums.

– Non, tu commences par faire ton sac ! lui ordonna sa mère avec un regard furieux. Ça suffit maintenant, Jess. Tu montes faire tes bagages !

Jess haussa les épaules et réfréna son envie de jeter une éponge gorgée d'eau ou un steak haché à la tête de sa mère. Elle monta dans sa chambre, ferma la porte et écouta. Quel était le degré d'insonorisation ? Jess entendait sa mère aller et venir dans sa propre chambre. Par conséquent, inutile de rêver parler en douce à Flora.

Elle mit son album des Slipknot (le CD le plus bruyant du monde), plongea sous sa couette et alluma son portable. Qui émit un bip frénétique. Elle avait reçu un SMS de Fred et un de son père. Tant pis, ils attendraient ! Jess composa en toute hâte le numéro de portable de Flora.

– Salut ! fit son amie.

Ouf ! Au moins, elle décrochait. Jess devait lui expliquer la situation très vite.

– Flo, c'estsuperimportant. MamèrevaappelertamèrepourluiparlerdeRiverdene !

– Quoi ? De quoi tu me parles ? De Riverdene ? répondit Flora, assez stupidement, jugea Jess.

– Oui ! Ilfautqueturacontesqu'onaprévud'yallertouteslesdeux…

Tout à coup, l'assourdissant Slipknot se tut, et Jess entendit sa mère s'avancer vers son lit. Horreur !

– Mais qu'est-ce que tu fabriques, Jess ? (Jess eut juste le temps de couper la communication et de glisser son portable sous son oreiller avant que sa mère rabatte la couette.) Qu'est-ce que tu fais là-dessous ?

Bonne question ! L'esprit de Jess cherchait en vain une raison valable d'être surprise dans une situation aussi étrange.

– Je sais que ça a l'air idiot, maman, mais je fais mes exercices contre la phobie du noir.

Sa mère lui lança un regard lourd de soupçons.

– Je vois bien que tu me caches quelque

chose. Je t'ai à l'œil, ma fille. Maintenant, fais tes bagages. Et sans musique ! Je ne veux plus entendre cet insupportable vacarme !

Et elle partit en laissant la porte de la chambre ouverte.

Jess ne pouvait se trahir en refermant aussitôt la porte de sa chambre. Elle se mit donc à faire ses bagages en chantonnant cette chanson que les bergères entonnaient sans doute à l'aube en traversant les prés couverts de rosée.

Mais Jess devait faire passer un message à Flora. Leurs mères risquaient de se parler d'une seconde à l'autre, et Flora devait être au courant. Jess écrivit en deux secondes un SMS sur son portable.

G DIT À MA MÈRE KON VOULAIT ALLER À RIVERDENE. PAR PITIÉ SOUTIENS-MOI. G DIT QUE TU AVAIS DÉJÀ LES PLACES. DÉSOLÉE !

Cinq minutes plus tard, le téléphone sonnait. Jess sursauta de terreur.

Sa mamy appela du bas de l'escalier :

– Madeleine ! C'est la mère de Flora !

– D'accord, je la prends dans mon bureau ! répondit la mère de Jess.

Jess écouta tandis que son cœur battait au rythme d'un orchestre de rumba.

– Bonjour, comment allez-vous, ma chère ? entendit-elle dire sa mère de la voix distinguée qu'elle prenait parfois au téléphone. Je voulais discuter avec vous de ce projet qu'ont les filles d'aller à Riverdene. Flora vous en a-t-elle parlé ?

Il y eut un long silence pendant lequel la mère de Jess écoutait.

Sa prochaine réplique serait cruciale. Si sa mère semblait détendue, Flora avait eu le message, et Jess était sauve. Si elle semblait furieuse, Jess n'avait plus qu'à se jeter dans un puits sans fond où elle serait piquée à jamais par la fourche d'un diable en Lycra rouge.

– Je vois. Je me disais aussi... Je suis tout à fait d'accord. Bien sûr qu'elles sont trop jeunes. De plus, j'emmène Jess en vacances demain, c'était donc de toute façon impossible.

Elle n'avait pas l'air furieuse. Juste un peu exaspérée. Jess sentit le soulagement monter en elle.

– Oui, je suis désolée pour vous, reprit sa mère. Vous devez tous être très déçus.

Jess comprit que sa mère mettait fin à la conversation. Un instant plus tard, elle entrait directement chez Jess sans frapper.

– Bon, tout est réglé, ma chérie. Je suis désolée, mais Flora et toi n'êtes pas assez grandes pour aller à Riverdene. L'année prochaine peut-être, d'accord ?

– Bon, d'accord, je comprends, maman, dit Jess d'un air soulagé.

Il fallait croire qu'elle venait de se libérer de

la toile d'araignée de mensonges qu'elle avait tissée autour d'elle. De justesse.

Il lui suffisait maintenant d'annoncer la triste nouvelle à Fred. Dès que sa mère eut quitté sa chambre, Jess consulta les SMS de Fred et de son père. Celui de Fred datait de la veille.

QUELLES NOUVELLES DU FRONT ? AUCUN ESPOIR ? ÉVASION EN PROJET ? POURRAI PAS DORMIR SANS NOUVELLES DE TOI ZZZZZZZ ZZZZ.

Pauvre Fred ! Jess s'en voulait de ne pas lui avoir répondu. Elle se promit d'avoir désormais toujours son téléphone dans sa poche et de ne plus jamais le perdre. Le message de son père était comme d'habitude drôle et loufoque.

MA CHÈRE ENFANT, J'AI CRU COMPRENDRE QUE VOUS VENIEZ ME RENDRE VISITE EN CORNOUAILLES. JE SUIS AUX ANGES. JE COMPTE LES JOURS QUI NOUS SÉPARENT. JE ME SUIS COUPÉ LES POILS DU NEZ ET ÉPOUSSETÉ LE VISAGE. AVEZ-VOUS BEAUCOUP GRANDI DEPUIS PÂQUES ? IL ME PREND L'ENVIE DE REPEINDRE TOUTE LA MAISON EN ROSE EN L'HONNEUR DE VOTRE VENUE. AFFECTUEUSEMENT, PÈRE.

Jess s'en voulut aussi de ce message. Son

père était si heureux qu'elle vienne le voir ! Tandis qu'elle faisait tout pour éviter de partir !

Lestée de sentiments de culpabilité contradictoires, elle se sentait incapable de répondre à l'un comme à l'autre. Il fallait qu'elle annonce à Fred que Riverdene tombait à l'eau et qu'elle partirait malgré tout le lendemain avec sa mère. Impossible de lui raconter ça par SMS. Ce serait trop cruel. Il fallait qu'elle lui parle.

Elle lui envoya un SMS. RV 7 H GRILLE DU PARC.

La réponse arriva aussitôt.

QUELLE EST LA SITUATION ? POURQUOI N'AS-TU PAS RÉPONDU HIER ? G L'IMPRESSION DE NE PAS T'AVOIR VUE DEPUIS DES SIÈCLES. G OUBLIÉ À QUOI TU RESSEMBLES. C QUOI TON NOM DÉJÀ ?

Jess sentit son cœur se briser en pensant à combien elle aurait aimé aller au festival avec Fred. Si douze heures de séparation lui paraissaient insupportables, que seraient deux ou trois semaines ? Pourtant, aucune solution en vue.

Fred comprendrait. Ils resteraient en contact. Jess trouverait des cafés Internet et ils chatteraient en ligne. Et elle lui enverrait une carte postale chaque jour. Peut-être même des lettres.

À l'heure du déjeuner, le téléphone sonna à

nouveau. Elles étaient toutes les trois dans la cuisine. Jess mettait la table, sa mère préparait une soupe et sa mamy lisait un compte rendu de meurtre.

– Qui est-ce, encore ? s'énerva la mère de Jess. Pourquoi faut-il toujours que le téléphone sonne quand je fais la cuisine ? Jette un coup d'œil à la soupe, Jess, ne la laisse pas bouillir. Allô, qui est à l'appareil ?

Jess baissa le feu et se mit à tourner la soupe. Mais elle remarqua très vite que sa mère avait une attitude bizarre. Qui ne présageait rien de bon.

– Quoi ? disait sa mère. Quoi ? Non, je vous assure que je n'étais au courant de rien. Cela dit, cela explique pas mal de choses…

Elle se tourna vers Jess pour lui décocher un regard lance-flammes qui aurait calciné du bacon à cinq mètres.

– Il y a eu un meurtre à Bognor, dit mamy, complètement à côté de la plaque.

Jess tremblait. Elle craignait qu'il y ait bientôt un meurtre chez elle.

– Non, je suis désolée, c'est hors de question, dit sa mère assez sèchement à son interlocuteur non identifié.

Jess était incapable de réfléchir. Elle ne comprenait pas du tout à qui sa mère parlait. Elle savait juste qu'elle nageait jusqu'au cou dans la bouse de vache.

– Je trouve que Jess n'est pas assez grande, et de toute façon, nous partons en vacances en famille demain… Très bien, au revoir.

Sa mère reposa violemment le combiné et s'avança vers Jess dans un état de fureur encore inégalé.

– C'était la mère de Fred, expliqua-t-elle, qui demandait si tu préférais prendre une tente ou deux pour Riverdene. C'est gentil de sa part, n'est-ce pas ?

8

Jess voulut ouvrir la bouche pour protester, mais sa mère s'était contentée de faire une pause pour respirer. Elle enchaîna :

– Le festival, c'était donc l'idée de Fred. C'est lui qui avait les places et tu n'as pas eu le courage de me le dire !

– On devait y aller tous ensemble ! s'écria Jess. On était plusieurs. C'est vrai, au début c'était l'idée de Fred. Mais il y avait tous les autres : Flora, Jodie…

Jess était tellement paniquée qu'elle était incapable de se souvenir du nom de ses amis. Alors elle inventa :

– Gloria, Toby, Hamish, Max, Cleo… Ben J, Ben S…

– Je n'ai jamais entendu parler de ces gens ! hurla sa mère. Pour tout ce que j'en sais, ils peuvent être dealers ! Pourquoi es-tu obligée de me mentir comme ça ? Tu ne me tiens au courant de rien !

– C'est toi qui ne me tiens au courant de

rien ! riposta Jess. Ça fait des années que je te demande pourquoi papa et toi, vous êtes séparés, et je n'ai jamais de réponse !

Sa mamy, qui jusqu'à présent avait assisté à la scène avec la réserve d'un arbitre de tennis, profita du bref silence pour lever la main et annoncer :

– Je tiens à te rappeler, Madeleine, que tu as un jour été jeune et fofolle. Non que je dise, entendons-nous bien, que Jess est fofolle.

Chère mamy ! Jess décida sur-le-champ de donner son nom à sa première fille. Pas « mamy » bien sûr, ce qui serait tout de même socialement gênant. Mais Gertrude reviendrait sans doute tôt ou tard à la mode.

La mère de Jess envoya un regard perdu à sa propre mère et un regard furieux à Jess.

– Je refuse de passer le reste de la journée en disputes. Va finir tes bagages, Jess. Car ce soir, tout le monde se couche tôt.

Jess allait devoir renoncer à son projet de retrouvailles secrètes avec Fred à sept heures à la grille du parc. Elle monta dans sa chambre et lui envoya un SMS.

MÈRE GRIMPÉE AUX RIDEAUX COMME PRÉVU. DÉSOLÉE. AUCUN ESPOIR DE SORTIE CE SOIR. PAS DE BÊTISES EN MON ABSENCE ET ENVOIE-MOI UN SMS CHAQUE JOUR.

La réponse arriva aussitôt.

MON CŒUR S'EST BRISÉ SI FORT QUE LE CRAQUEMENT A ÉTÉ ENTENDU EN ISLANDE. JE VAIS REVENDRE LES PLACES DE RIVERDENE POUR M'ACHETER DES TONNES DE FILMS VIOLENTS. ÉCRIS-MOI DE TEMPS EN TEMPS, MAIS JE NE TE REPONDRAI PAS PUISQUE TU N'AURAS PAS D'ADRESSE.

Jess se sentit un peu réconfortée par l'idée d'écrire à Fred. Elle commença une lettre sans attendre.

Cher Fred,

Voici la première d'une série de lettres qui témoignent de l'horreur du voyage au vingt et unième siècle. Je suis confinée dans ma minuscule chambre avec mes bagages. Je n'ai pris que des vêtements noirs, bien sûr. Je porterai le deuil durant toute cette période. Je poserai devant des ruines hantées avec des corbeaux dans les cheveux, l'air ténébreux, en marmonnant des incantations.

Quel dommage que ton nom n'ait pas des consonances plus tragiques. Fred : il n'y a guère de grandeur là-dedans. Je vais donc te rebaptiser. Que dirais-tu d'Archibald ? Ou Hamlet peut-être ? Hamlet Parsons, cela sonne bien, non ?

Je me prépare à un départ matinal. Ma mère frôle l'overdose de guides culturels, et je redoute l'avenir. «Jess, tu écoutes? Voici la pierre sur laquelle le roi Oeuf le Dur a été mangé à la mayonnaise par les Vikings en l'an 809. Et voici la tour où sainte Kylie a été atteinte par l'acné maudite. Dans ce jardin, le prince Flatulence a demandé en mariage dame Isabelle Gingembre en 1678. Cette fleur commémore leur amour, elle est également un remède contre la mauvaise haleine. Frottes-en un peu contre tes gencives, et tu ressentiras les picotements!»

Ainsi, mon cher Hamlet, demain matin je quitterai la divine cité qui est la nôtre. Je serai promenée en pleurs par des chemins forestiers remplis de hordes d'écureuils et autres dangereuses créatures.

Tandis que toi, tu seras livré sans défense au Malin. Tu croiseras de splendides filles dans la rue qui te lanceront des regards langoureux. Elles t'effleureront dans le rayon hip-hop du Virgin Mégastore. Elles joueront au tennis avec leurs bras dorés en agitant les hanches dès que tu traverseras le parc. Comment résisteras-tu?

Il y avait une fille que Jess redoutait vraiment. Flora. Fred et elle n'auraient peut-être même pas besoin du cadre romantique d'un feu de camp à Riverdene. Peut-être qu'ils se croiseraient dans High Street, qu'ils iraient prendre un café, et une chose menant à une autre…

Pour finir, Jess supplia Dieu d'affubler toutes les filles des environs de furoncles et d'envelopper Flora d'une odeur de chou trop cuit. Uniquement le temps de l'absence de Jess. Puis elle sombra dans un sommeil agité.

9

La journée suivante démarra tôt. D'habitude, à huit heures et quart (tout du moins en vacances), Jess se retournait dans son lit pour replonger avec délices dans un rêve où elle était pourchassée dans les rues de la ville par un gorille en tutu. Mais ce jour-là, à huit heures et quart, sa mère s'engageait sur la bretelle d'autoroute.

– Regardez le ciel ! Il n'a jamais été aussi bleu ! s'écria la mère de Jess sur un ton hystérique.

Son attitude habituelle, sévère et anxieuse, avait laissé place à une déconcertante exubérance qui n'annonçait rien de bon, et qu'elle affichait parfois quand on lui offrait l'occasion de parler de nature ou d'histoire. Le ton du voyage était donné. Jess soupira.

– Le bleu est ma couleur préférée ! continua sa mère, comme si ça ne suffisait pas. Il y a tant de belles choses bleues… Les saphirs, la mer.

– Quelle est ta couleur préférée, Jess ? demanda mamy depuis l'avant de la voiture.

– Le noir, répondit Jess.

Elle était d'ailleurs vêtue de noir de pied en cap.

– C'est juste une période, déclara sa mère. Elle finira bien par grandir.

Jess décida immédiatement de porter du noir pour le restant de ses jours. Elle se marierait en noir (si jamais elle se mariait) : une longue robe de satin noir avec un bouquet de fleurs noires, des boucles d'oreilles en jais et un voile noir. Et sur ses épaules se tiendrait Nero, son fidèle corbeau.

Fred, en revanche, serait en blanc. Jess espérait en tout cas que son futur mari serait Fred. Elle ne se voyait épouser personne d'autre. Il porterait un costume blanc, des chaussures blanches et une rose blanche à la boutonnière. Et peut-être, pour la touche gothique finale, des lentilles de contact blanches.

Jess passa l'heure suivante à fantasmer sur son mariage avec Fred. Ils se marieraient le jour de Noël de façon à ce qu'il n'oublie jamais la date, et il y aurait des frites au buffet.

– Les anciens Bretons et les Celtes vénéraient le cheval, annonça tout à coup sa mère à l'instant où Jess allait donner naissance à de magnifiques jumeaux, Freddi et Freddo, sans souffrance, sans une goutte de sang ni de sueur. Tu vas sans doute bientôt apercevoir de grands chevaux à la craie blanche sur le flanc d'une colline. Ils datent de l'âge du bronze.

– Et c'était quand ? demanda mamy.

– Il y a entre deux mille et quatre mille ans, répondit la mère de Jess. Tu aurais adoré, tiens. Tout le monde s'entretuait, à cette époque.

– C'est formidable, ma chérie. J'adore les émissions archéologiques. Surtout quand on y découvre des crânes réduits en miettes par des objets contondants.

Jess se disait parfois que, dans une vie antérieure, sa mamy avait été un seigneur de la guerre brutal et sans pitié.

– Je veux vous montrer quelque chose, dit sa mère. C'est dans le Dorset, taillé dans la pierre. Et ce n'est pas un cheval.

« Dieu merci », pensa Jess. Elle n'avait jamais beaucoup aimé ces animaux. Flora galopait fièrement sur la plage, les cheveux flottant dans le vent comme dans une pub de shampoing, mais Jess était sûre que si elle approchait l'une de ces bestioles, elle se retrouverait la tête la première dans une haie ou suspendue à une branche par les bretelles de son soutien-gorge.

S'il fallait vraiment voir un machin celtique taillé à la craie sur une colline, Jess espérait que ce soit un gros matou ou un chiot au museau luisant.

– On y est, annonça finalement sa mère en gloussant comme une gamine, après avoir quitté l'autoroute et trouvé une place de parking. Ne levez pas encore les yeux. Sortez de la voiture en regardant par terre.

Jess et sa mamy s'extirpèrent docilement de leur siège. Jess espérait que sa mère ne leur fasse pas ce coup-là trop souvent. C'était quand même un peu puéril.

– Maintenant, regardez de l'autre côté de la vallée, par là.

– Oh!

Jess faillit mourir de honte. Sur l'autre flanc de la vallée, taillée dans la pierre comme le cheval blanc, se dressait l'immense silhouette d'un homme nu. Il ne manquait aucun détail, même ses parties intimes. De fait, cet homme n'avait justement aucune intimité.

10

– Maman ! s'écria Jess. Tu exagères ! Pourquoi tu voulais nous montrer ça ? On dirait une vieille affiche de film porno !

– Bon, bon, gloussa sa mère. C'est vrai que côté bijoux de famille, il est plutôt bien doté…

– Bijoux de famille… répéta Jess d'un air incrédule. Ne parle pas de ça ! Et je t'interdis de l'approcher !

Mamy scrutait la silhouette en plissant les yeux.

– J'ai l'impression que sa tête est beaucoup plus petite que son machin-bidule, fit-elle remarquer.

– Telle est ta vision des hommes, soupira la mère de Jess. Bien faits, mais sans cervelle. En réalité, vous avez sous les yeux la représentation d'un dieu de la Fertilité. On a d'abord cru qu'il datait de plusieurs milliers d'années, mais on sait maintenant qu'il n'a en réalité que deux siècles.

– Ces dieux de la Fertilité… toujours à mentir

sur leur âge. Tout ça pour se glisser dans les livres d'histoire. Comme si j'essayais de m'introduire dans un film 18 millimètres. Ce dont je n'ai d'ailleurs pas du tout envie, railla Jess.

– C'était donc le Géant de Cerne Abbas, conclut sa mère alors qu'elles regagnaient la voiture. Maintenant, on va se trouver un joli petit salon de thé pour déjeuner.

C'était la première parole intéressante qu'elle prononçait de la journée.

Le petit salon de thé était celui du village suivant, où Jess engloutit une tourte au fromage et aux pommes de terre. Elle allait maintenant devoir gérer la fermentation dans son estomac, car son verre de Coca flottait dangereusement à la surface de la tourte, qui avait la taille d'un fœtus.

Le serveur était très agréable, assez bien bâti, avec des cheveux noirs bouclés et de longs cils. Quand il apporta la carte des desserts, la mère de Jess lui sourit en demandant :

– On vous a déjà dit que vous ressembliez à Tony Curtis dans *Certains l'aiment chaud* ?

Le type haussa les épaules, secoua la tête et lui fit un sourire prudent :

– En général, on me dit que je ressemble à un paresseux avec un poil dans la main.

– Oh, un paresseux, quel animal adorable ! s'exclama la mère de Jess avec un petit rire idiot. On ressemble tous à un animal. Quand Jess était petite, on la surnommait «canard» parce qu'elle avait les lèvres légèrement retroussées.

À leur table, comme dans le salon de thé, tout le monde se tourna vers Jess ne serait-ce qu'une seconde. Ce fut le pire moment de sa vie depuis l'incident du minestrone dans son soutien-gorge. Les joues écarlates, elle lança un regard assassin à sa mère tout en prenant soin de ne pas imiter un canard.

– Et toi, à quoi tu ressembles, maman? À une vipère? lâcha-t-elle avec rage.

– Bon, je prendrais bien une part de tarte aux pommes avec de la crème, s'il vous plaît, dit mamy, reportant habilement l'attention vers la carte des desserts. Et toi, Jess? Un pudding au caramel?

Jess n'avait pas envie de pudding. Elle avait déjà assez mal au ventre comme ça. Il ne fallait quand même pas qu'elle fasse exploser son jean dès le premier jour des vacances!

«Cher Fred, pensa Jess (elle retranscrirait sa lettre plus tard), ma mère pète les plombs, elle nous a amenées voir un porno datant de l'âge du bronze, puis elle a dragué un serveur assez jeune pour être son fils et, comme bouquet final, elle m'a humiliée devant tout le monde. Ces vacances sont décidément merveilleuses.»

– J'ai réservé un Bed and Breakfast dans ce village, annonça sa mère, qui avait également fait impasse sur le pudding. Ça s'appelle *Les*

Lilas. Si vous voulez bien m'excuser, je vais aller voir si nos chambres sont prêtes.

– Je t'accompagne, décréta Jess d'un ton décidé.

Elle devait absolument avoir une explication avec elle. Sa mamy étant ravie de les attendre au salon de thé avec sa tarte aux pommes et un thé, elles partirent à pied en direction du village.

– Bon, maman, écoute. Tu dois me promettre que c'était le dernier homme nu du voyage. Et je t'en prie, laisse les serveurs tranquilles !

– Oh ça va, lâche-moi les baskets ! Je viens de vivre une année terrible à la bibliothèque ! Je sais que j'ai été un peu légère, mais pour la première fois depuis très longtemps, je me sens excitée. Les nuages ! Le ciel ! Les églises médiévales ! Je suis comme un enfant à la fin de l'année scolaire !

Bizarre. En général, c'était Jess qui délirait et sa mère qui la ramenait à la raison.

– Et puis, pourquoi m'as-tu humiliée comme ça en public ? Qu'est-ce que tu vas faire maintenant ? Te soûler et danser nue sur les tables ? Vas-y, ne te gêne pas !

– Bon d'accord, je vais me calmer, dit sa mère comme elles atteignaient *Les Lilas*. Mais attention, dès que je vois de belles choses, je ne me contrôle plus.

Elles étaient face à une immense grille en fer forgé entourée de piliers avec d'élégantes boules de pierre taillée.

– Quelle belle grille ! s'extasia sa mère. Quelle belle allée !

Jess soupira. Sa mère était vraiment irrécupérable. Jess craignait à tout instant qu'elle veuille baiser le sol.

La porte s'ouvrit sur un homme grand et mince avec un bouc grisonnant. Sa mère se présenta et, aussitôt après, le félicita pour son jardin.

– Quelle belle grille vous avez ! lança-t-elle. Avec les plus belles pierres taillées que j'aie jamais vues !

– Rien que ça ? se moqua gentiment le type, visiblement sur la même longueur d'onde.

Ils éclatèrent de rire pendant que Jess observait l'entrée en rêvant – ce n'était pas la première fois – d'être à Tombouctou.

Par ailleurs, la maison était magnifique avec ses grands plafonds gris, jaune et bleu. La chambre de Jess donnait sur une rivière et, tandis que sa mère partait chercher la voiture et mamy, Jess se jeta sur son lit et alluma son portable.

Elle avait reçu deux messages ! L'un de Fred et l'autre de son père. Elle commença par celui de Fred. JE CHERCHE DU TRAVAIL. ÉCONOMISE POUR TE FAIRE UN BEAU KDO DE RETROUVAILLES.

Ce garçon n'était-il pas parfait ? Jess répondit aussitôt en décrivant brièvement le cauchemar qu'elle vivait, promettant à Fred de s'enfuir avec lui à l'instant où elle rentrerait.

Le message de son père était, comme d'habitude, déjanté. AS-TU EU MON SMS ? JE T'ATTENDS DANS MA MODESTE DEMEURE. AI COMMANDÉ PLEIN DE BOÎTES POUR CHAT ET UN COLLIER À PUCES.

Ce à quoi Jess répondit : TRÈS IMPATIENTE DE GRATTER TES MEUBLES ET DE DÉVORER TES DÉLICIEUSES SOURIS.

Même si Fred lui manquait déjà beaucoup, Jess était impatiente de revoir son père. Il avait un sens de l'humour génial. Contrairement à sa mère. Mais comment ses parents s'étaient-ils rencontrés ? C'était un mystère. Peut-être que Jess pourrait interroger son père à ce sujet. Oui, elle allait lui poser des questions !

Plus tard dans l'après-midi, un autre message de Fred arriva.

G UN BOULOT ! COMME SERVEUR. JE FAIS UN MARIAGE CHIC DEMAIN. PLEIN DE POURBOIRES EN VUE. PENSE À TOI, FRED.

Jess était ravie, bien sûr. Mais d'un autre

côté, elle aurait préféré qu'il ne trouve pas du travail si vite. En ce qui la concernait, elle ne voyait aucun inconvénient à ce qu'il passe ses vacances sur le canapé devant la télé. Encore mieux, elle préférait.

AVEC DES BELLES SERVEUSES ? répondit-elle. NON QUE ÇA M'INTÉRESSE…

La réponse de Fred arriva tout de suite. QUE DES FILLES. DE VRAIS BONBONS À CROQUER.

Jess se sentit gagnée par la terreur. Qu'est-ce que ça voulait dire ? Elle ne doutait pas que d'ici au lendemain soir, l'une des filles à croquer aurait déjà frappé. Fred aimait tellement les sucreries. C'était le début de la fin.

11

Alors qu'elle se dirigeait vers la salle du petit déjeuner, le lendemain matin, Jess huma une délicieuse odeur de bacon. Elle fut tout de même un peu gênée de voir que sa mamy avait apporté au petit déjeuner les cendres de son défunt mari. L'urne était posée sur la table entre le sel et le poivre. Jess ne dit pas un mot et se concentra sur ses corn flakes.

– Quand j'avais à peu près ton âge, annonça sa mère, je suis tombée amoureuse.

– Maman, garde tes confessions pour toi !

– Je dis ça, reprit sa mère, parce que c'est lié à l'endroit que nous allons visiter aujourd'hui.

– Et qui c'était ? demanda Jess. Une star du rock ? L'un de ces bons vieux Rolling Stones ?

– Non. C'est sans doute un peu inhabituel. Car il était mort quarante ans plus tôt. Il s'appelait… fit-elle du ton triomphant de celle qui va avouer une liaison avec une célébrité : Lawrence d'Arabie.

– Qui ça ? demanda Jess.

Elle avait déjà entendu ce nom, mais c'était tout ce qu'elle savait.

– Dans les années soixante, on a tourné un film sur sa vie, dit sa mère. Ce film est d'ailleurs ressorti il y a quelques années. Il a été un héros des pays arabes pendant la Première Guerre mondiale. Et après la guerre, il a vécu seul dans un cottage qui s'appelle La Colline des Nuages, dans le Dorset.

Jess cessa d'écouter. Elle ne pensait plus qu'au prochain SMS de Fred. Elle se torturait l'esprit en l'imaginant à cette réception de mariage au milieu des filles à croquer. Jess n'aimait pas du tout cette expression. Il n'aurait pas pu dire « une meute de chiennes » ou « un troupeau de génisses », rien que pour la rassurer ? Même si c'était faux !

– Je me souviens que tu avais un poster de Lawrence d'Arabie dans ta chambre, dit mamy.

– Vraiment ? dit sa mère, tout à coup un peu gênée. Peut-être. Je ne m'en souviens pas.

– Et tu rêvais de l'épouser, même s'il était mort ? demanda Jess.

– Non, je ne voulais pas l'épouser, répondit sa mère. Je crois qu'en fait, je voulais devenir une Lawrence d'Arabie.

– D'après ce qu'on m'a dit, ses penchants n'allaient de toute façon pas dans le sens du mariage, dit mamy en faisant un clin d'œil assez grossier.

– Qu'est-ce que tu veux dire, mamy ? demanda Jess. Qu'il était gay ?

– À l'époque, rien n'était clair, dit sa mamy. On était très discret à ce sujet. Il y avait des hommes qui ne se mariaient jamais, voilà tout. On les appelait des « célibataires endurcis ».

– Je crois qu'il était tout simplement célibataire, dit sa mère. Mais il aurait pu être gay. On le dit, en tout cas. Maintenant, ce genre de penchant ne pose plus de problème. Selon les statistiques, dix pour cent de la population est gay. Même si certains critiquent ce chiffre.

Elle partit dans des considérations politiques et sexuelles. Jess repensa aussitôt aux filles à croquer.

– En fait, reprit sa mère, on est parfois surpris de découvrir que des personnes qui vous sont proches deviennent gays.

Jess s'intéressa tout à coup aux propos de sa mère.

– Maman, ne m'annonce pas que tu es devenue lesbienne ! D'accord, j'aime bien les lesbiennes, elles sont cool, mais je préfère éviter ce genre de surprise au petit déjeuner !

– Bien sûr que non, ne sois pas stupide. Bon, cette conversation a assez duré.

Sa mère s'essuya la bouche, alla payer la note, et bientôt toutes trois prenaient la route du cottage de Lawrence d'Arabie.

Jess se sentait incapable de s'intéresser au

personnage. Elle était plongée dans d'affreux fantasmes sur Fred en train de jouer au serveur avec trois filles splendides en minijupe noire qui se battaient pour obtenir son attention. Il y avait une blonde qui s'appelait Grace et qui flattait son intelligence. Jess était sûre qu'il y avait aussi une brune avec des lèvres pulpeuses qui s'appelait Selina. Elle touchait ses bas instincts. Et la pire, une rousse qui s'appellerait Charlie – un nom coquin pour une fille – qui, sans être particulièrement jolie, avait beaucoup de personnalité et d'humour. C'était Charlie que Jess craignait le plus.

– Il a eu une mort tragique, lança sa mère en interrompant les fantasmes de sa fille pour la plonger dans un univers encore plus déprimant. On prend la première à gauche, mamy ?

– Non, la suivante, dit mamy, ravie de faire le copilote. D'après le guide, ça sera juste après une cabine téléphonique. Et comment est-il mort, ma chérie ? J'ai oublié.

– Il s'est noyé dans une marmite de soupe au rutabaga, tenta Jess.

– Pas du tout, fit sa mère d'un ton recueilli. Il ne se déplaçait qu'à moto. Il a voulu éviter deux garçons de course et sa moto a quitté la route. Il n'a jamais repris connaissance. Il a passé quelques jours entre la vie et la mort à l'hôpital, mais n'a pas survécu.

– Je me demande s'il a fait l'expérience d'une

sortie de corps, s'amusa mamy. On lit tellement de choses à ce sujet. Ça arrive à plein de gens. Ils sont sur leur lit d'hôpital et tout à coup ils se mettent à flotter près du plafond pendant qu'une voix leur dit – prends à droite après le *Fish and Chips*, ma chérie – : « Ton heure n'est pas encore venue. » Mais comme il n'avait ni femme ni enfants, au moins il n'a fait souffrir personne de proche.

– La nation tout entière a pris le deuil, annonça la mère de Jess d'un ton pompeux, comme si elle parlait depuis la chaire d'une cathédrale. D'une certaine manière, qu'il n'ait pas eu de descendance rend sa mort encore plus tragique.

Elle poussa un profond soupir, comme si elle regrettait de ne pas avoir porté le fils de Lawrence d'Arabie plutôt que la fille rondouillarde et renfrognée de Tim Jordan.

Elles atteignirent bientôt La Colline des Nuages, et Jess sortit de la voiture avec ses rondeurs et sa mine renfrognée. C'était sinistre. Le vent balayait l'herbe et les feuilles comme si l'endroit était hanté. La mère de Jess leva les yeux vers les nuages avec une étrange expression rêveuse.

– La Colline des Nuages… Vous ne pouvez pas savoir depuis combien de temps j'ai envie de venir ici, murmura-t-elle en se dirigeant vers l'entrée.

La Colline des Nuages était une étrange petite maison. Sans électricité. À l'intérieur, il y avait peu de lumière et une drôle d'odeur.

– Je trouve quand même qu'il aurait pu avoir des meubles décents, commenta mamy. Je n'aime pas ces chaises. Rien qu'à les regarder, elles me font mal au dos.

– Dire qu'il s'est assis là, s'exclama la mère de Jess en regardant avec fascination une chaise où s'étaient un jour posées les fesses du charismatique Lawrence d'Arabie. Quand j'étais jeune, j'étais folle de lui. Même si ça aurait été bien plus sain d'avoir un véritable petit ami.

La mère de Jess irait-elle à la pêche aux infos ? « Se doute-t-elle que je sors avec Fred ? » se demanda Jess. Elle aurait adoré que sa mère approuve son petit ami. Son cœur se mit à battre très fort. Il fallait qu'elle avoue. Elle savait que Fred voulait qu'elle parle de lui à sa mère.

– Au fait, dit Jess d'un air détaché, moi, j'ai un véritable petit ami.

Sa mère se tourna vers elle, tout à coup métamorphosée. Son air rêveur avait été remplacé par une expression terrorisée. À croire qu'elle venait de voir un serpent.

– Quoi ? siffla-t-elle. De quoi me parles-tu ? Qu'est-ce que tu racontes ?

« Au secours, se dit Jess, j'ai tout faux. » La

légèreté de sa mère depuis leur départ en vacances avait disparu en un instant au profit d'une anxiété palpable. Jess allait devoir s'en sortir avec une pirouette.

– Je ne t'en ai pas parlé ? Il s'appelle Siegfried de Monténégro, et sa famille a fait fortune dans la pâte d'amandes. Ils habitent un château en Transylvanie. On prévoit de se marier en décembre, et on aura comme garçons d'honneur des vampires vêtus de rose et de blanc.

Le visage de sa mère se radoucit. Elle secoua la tête d'un air incrédule, comme si Jess n'avait fait qu'une blague stupide, et se remit à observer le mobilier de Lawrence d'Arabie. Ouf, Jess était sauve.

Mais elle se sentait triste. Si seulement sa mère avait pu dire : « Ah bon, Fred est donc ton petit ami ? J'adore ce garçon. Invite-le quand tu veux, je lui ferai des tartes à la confiture. »

Mais apparemment, sa mère en serait à jamais incapable. La liaison de Jess et Fred devrait rester secrète pendant des années. Jusqu'à ce qu'ils atteignent un âge canonique. Vingt-cinq ans au moins.

Jess repartit dans ses rêves, quittant La Colline des Nuages. Pour se demander ce qui se passait au mariage où travaillait Fred.

12

Jess imagina la scène. Il y avait une grande tente blanche sur la pelouse et des gens très élégants qui déambulaient à l'ombre des grands chênes. Fred, en costume noir avec un nœud papillon, offrait du champagne.

– Désirez-vous une coupe ? demandait-il à une jeune femme en tailleur bleu ciel et grand chapeau orné de plumes d'autruche.

Comme si cette parole impliquait que Fred entraîne aussitôt la dame derrière la tente pour lui rouler une pelle.

– Volontiers, répondait la jeune femme à la voix pointue. (Elle s'appelait… Jemina. Jemina Featherston-Fyffe.) Je ne pensais pas prendre du champagne, mais… pourquoi pas ? Puisque vous… Dites-moi, que faites-vous dans la vie à part servir des coupes de champagne ?

– J'écris des scénarios, répondait Fred avec désinvolture. Je travaille actuellement à un texte où deux lapins s'apprêtent à sauver le monde.

– Mais c'est une idée formidable ! s'exclamait Jemina Featherston-Fyffe. (Apparemment, elle s'était débarrassée de son tailleur bleu pour revêtir un maillot de bain scintillant et des boucles d'oreilles en pierre de lune.) Vous devriez rencontrer mon père, il est réalisateur de cinéma. Suivez-moi… Dites-moi, souffla-t-elle à l'oreille de Fred, excusez-moi de ma franchise, mais avez-vous une petite amie ? L'une de ces serveuses, peut-être ?

Elle décochait un regard à Charlie, Selina et Grace, qui présentaient de succulents petits-fours en couvant Fred du regard, chacune souhaitant secrètement le séduire.

– Non, non, répondait Fred. J'ai ce qu'on peut éventuellement appeler une petite amie, mais il n'y a rien de très important entre nous et, de toute façon, elle est partie en vacances en famille pour l'été.

– Comment a-t-elle pu vous laisser seul une seconde ? s'enquérait Jemina, maintenant en déesse des îles du Sud vêtue de talons hauts et d'un bikini en feuille de vigne.

– Je crois qu'elle n'a pas bien mesuré l'enjeu, disait Fred en haussant les épaules.

Et ils joignaient leurs lèvres pour un baiser derrière un palmier en pot. Les invités au mariage les contemplaient avec discrétion en murmurant : « N'est-ce pas fabuleux ? Jemina qui sort avec ce gentil serveur. La pauvre, elle a bien besoin de réconfort après l'horrible accident de Don en rafting. »

Remettant les pieds sur terre, Jess se rendit compte qu'elle visitait la boutique attenante au cottage de Lawrence d'Arabie. Qui contenait de nombreux livres sur le personnage. Il figurait sur toutes les couvertures. Il avait le visage allongé, d'assez beaux traits réguliers, l'air un peu hanté et étrange. C'était de toute évidence un homme qui ne souriait jamais aux photographes.

– Le portrait craché de ton père, ma petite, lança sa mamy.

Jess regarda les photos avec attention.

– C'est vrai, papa lui ressemble peut-être un peu.

Lawrence d'Arabie avait lui aussi des cheveux assez longs qui retombaient de chaque côté de son front.

– Mais ton père est beaucoup plus grand que Lawrence d'Arabie, précisa la mère de Jess.

Elle dit ça comme si c'était un défaut du père de Jess. Comme s'il aurait tout de même pu avoir la décence de ne pas grandir autant.

– À propos, quand est-ce qu'on sera chez papa ? Je suis si impatiente de le voir ! lança Jess.

À cet instant, le seul où Jess reprenait goût au voyage, elle sentit son portable vibrer dans sa poche. Un message de Fred !

– Nous serons à Saint-Ives en début de semaine prochaine, déclara sa mère.

– Génial ! Bon, je vais prendre un peu l'air, dit Jess, préférant être seule pour lire son SMS.

Une fois dehors, elle se jeta sur son téléphone portable. Cela faisait si longtemps qu'elle attendait des nouvelles de Fred ! D'un autre côté, elle refusait de lui mettre la pression en écrivant sans cesse.

CATASTROPHE, écrivait-il. RENVERSÉ UNE CRÈME CARAMEL DANS LE DÉCOLLETÉ DE CHARLOTTE.

Oh non ! Encore pire que dans les fantasmes de Jess. Elle ne connaissait pas cette Charlotte, mais que ce soit l'une des filles à croquer ou une invitée au mariage du genre Jemina, cela prouvait que Fred était assez proche de son décolleté pour y renverser de la crème, et que les fiançailles ne se feraient plus attendre.

Jess ne répondit pas tout de suite. Elle était trop stupéfaite. Et surtout, elle se connaissait trop bien. Elle craignait d'être très méchante. Car elle avait vraiment envie d'être méchante !

Alors elle se réfugia dans la prière. Parfois, certaines situations étaient tellement abominables qu'il n'y avait plus qu'à espérer qu'il y ait vraiment dans le ciel un adorable vieux type avec une grande barbe blanche et des yeux rieurs, genre Gandalf.

« Seigneur, pria Jess avec ferveur. Je sais que

vous n'aimez pas les décolletés, j'en suis désolée, parce que par le passé, j'ai tenté de gonfler le mien avec des coussins en minestrone. Pardonnez-moi, mon Dieu, c'est juste une suggestion, et si vous inventiez la semaine sans décolleté ? Vous pourriez commencer par retirer celui de Charlotte dès cette nuit pour le remplacer par une morne plaine de poils. »

13

Elles quittèrent La Colline des Nuages pour Dorchester, où sa mère avait réservé un B&B dans une ruelle. Les deux adultes se virent attribuer une chambre avec des lits jumeaux sur la rue, et Jess hérita d'une minuscule chambre à l'arrière avec une vue splendide sur un mur en briques. Ce qui, de toute façon, correspondait à son humeur.

Sa mère fit un thé dans la chambre. Jess s'installa sur le lit de sa mamy. Il y avait un jeu à la télévision, mais elle écoutait à peine. En secret, elle essayait de composer un SMS assassin pour Fred – un message tellement méchant qu'elle ne l'enverrait jamais.

VAS-Y, PLONGE DIRECTEMENT DANS SON DÉCOLLETÉ. NE TE GÊNE PAS POUR MOI… JE POURRAIS FAIRE REMARQUER QUE CHARLOTTE RIME AVEC IDIOTE, MAIS UN SIMPLE ADIEU DE MA PART EST PEUT-ÊTRE PLUS DIGNE.

ET TU AS LÉCHÉ LA CRÈME ? C'ÉTAIT BON ? CHARLOTTE EST PLUS JOLIE QUE MOI, JE SUPPOSE. COMME 90 % DE LA POPULATION FÉMININE… VAS-Y FRED PARSONS. C VRAI ÇA FAIT QUAND M 2 J QUE JE SUIS PARTIE.

Le temps de défaire les bagages, il ne restait plus qu'une heure avant le dîner. Jess était trop énervée pour rester dans sa chambre.

– Je vais faire un tour en ville, annonça-t-elle.

À quelques centaines de mètres du B&B, elle trouva un Body Shop, où elle récupéra quelques échantillons et testa des parfums : noix de coco, vanille, melon… Jamais elle n'avait eu un tel besoin d'aromathérapie.

Mais pourquoi les produits Body Shop faisaient-ils toujours référence à la nourriture ? Car la nourriture faisait penser Jess au boulot de serveur, et à Fred qui draguait les filles à coups de crème caramel renversée. Melon, vanille, noix de coco : Jess doutait qu'elle puisse à nouveau apprécier un jour ces saveurs. Depuis que Fred s'en servait pour alimenter sa vie amoureuse…

– Ça va ? lui demanda la vendeuse.

« Non, eut envie de répondre Jess. J'ai le cœur brisé. » Mais elle sourit en disant poliment :

– Oui, merci.

Puis elle essaya un millier de rouges à lèvres avant de se rabattre sur le premier. Un gloss parviendrait-il à reconquérir le cœur de Fred ? Jess s'observa dans le miroir d'un air maussade. Pas étonnant qu'il ne lui soit pas fidèle. Avec ses joues trop rondes et ses petits yeux, elle ressemblait à un hamster.

Elle paya son gloss et sortit. À quelques mètres de là, il y avait une carterie. Jess eut une idée. Elle allait acheter du beau papier à lettres et submerger Fred de missives drôles, intelligentes et passionnées. Ses lettres ne seraient peut-être pas aussi fascinantes que le décolleté au caramel de Charlotte, mais Jess n'avait que cette corde à son arc. Elle acheta aussi quelques cartes postales. Marilyn Monroe et Humphrey Bogart pour son père, qui adorait les vieilles stars de cinéma, et quelques photos d'église pour Fred. Si elle lui envoyait la divine Marilyn, il risquait d'être encore plus déçu en revoyant Jess.

Elle choisit un splendide papier à lettres vert cendré et rentra en courant au B&B, où elle se mit aussitôt à écrire. D'abord, elle rédigea la carte à son père dans laquelle elle lui raconta la passion de sa mère pour Lawrence d'Arabie. Puis elle lui envoya un SMS.

VIENS DE T'ÉCRIRE UNE CARTE POSTALE. ESPÈRE QUE ÇA T'IMPRESSIONNE. ENVOIE CE SMS AU CAS OÙ IL N'Y AIT PAS DE BOÎTE ICI. G BESOIN D'UN RENSEIGNEMENT. LA POITRINE

D'UNE FEMME C SI IMPORTANT ? SI ELLE EST SUBLIME ELLE PEUT FAIRE OUBLIER SA PETITE AMIE À UN H ?

T'EMBRASSE FORT JESS.

Son père, c'était bon. Elle s'attaqua maintenant à Fred. Elle n'allait pas lui parler de Charlotte. Elle ferait comme si de rien n'était.

Mon cher Fred,

Aujourd'hui, nous avons visité le cottage de Lawrence d'Arabie. Terriblement évocateur. D'après les photos, il ressemble beaucoup à mon père. Que je suis très impatiente de retrouver, d'ailleurs. J'aimerais que tu puisses le rencontrer, même s'il est parfois un peu puéril. Je sais que je t'ai parlé de lui, mais c'est toujours mieux quand on connaît les gens, non ? En tout cas, il est beaucoup plus drôle que ma mère. Dont la passion pour l'histoire me pourrit la vie.

Demain, nous allons visiter l'endroit où le courageux roi Arthur a défié des gerbilles, et une fascinante chapelle où saint Horace a eu la vision d'une tourte au jambon ailée en 1238. Le signe que la famine prendrait bientôt fin. À propos de nourriture, c'est l'heure du dîner. Vu la largeur de mes hanches, je devrais me contenter d'une feuille de laitue. Me connaissant, je vais dévorer une vache toute crue.

Jess s'était efforcée d'écrire une lettre drôle et légère, mais elle ne parvenait toujours pas à chasser ses horribles fantasmes. Elle s'imagina assassiner Fred d'un millier de façons différentes. Ou alors pourfendre les filles à croquer en les plongeant dans un thé bouillant et en tournant avec une cuillère géante jusqu'à ce qu'elles fondent.

Elle sortit acheter des timbres et poster la lettre pour Fred ainsi que la carte pour son père. Puis, elle retourna à l'hôtel et regarda *Les Simpson* à la télévision.

Elles allèrent dîner dans un restaurant italien. Jess dévora son plat de pâtes avec une féroce détermination. Elle n'avait toujours pas répondu à Fred sur le décolleté de Charlotte. Elle espérait qu'il attende impatiemment son SMS. À moins qu'il soit à cet instant avec Charlotte, les yeux dans les yeux, à lui raconter des blagues divines accompagnées de splendides compliments. Si tel était le scénario, Jess refusait à jamais de le revoir.

« Tiens ! lancerait-elle ironiquement en le voyant réapparaître un jour. Tu reviens vers moi ? La merveilleuse Charlotte t'a jeté ? Ou t'es-tu lassé de son décolleté au caramel ? »

« Pardonne-moi ! » suppliait Fred en se mettant à genoux chez elle dans l'entrée. Non, c'était trop intime. Dans le parc. Sous le kiosque ! Avec plein de monde tout autour. Tu es mon seul amour! Charlotte m'a obligé à faire tomber cette crème! Je n'ai jamais voulu être avec elle! Et je ne l'ai jamais touchée, à part avec un torchon pour l'essuyer!»

«Eh bien, rampe dans la poussière, espèce de traître! crachait Jess. Je ne t'adresserai pas la parole pendant un siècle au moins!» Elle devenait aussi grandiloquente que dans la Bible. Elle tournait les talons et laissait Fred à plat ventre.

«Tout est fini entre nous! lançait-elle. Va mordre la poussière, Fred Parsons! Tu auras beau me supplier, jamais je ne t'accorderai le moindre regard!»

Fred bavait comme un chien empoisonné. Jess lui lançait un dernier regard assassin et recourbait les lèvres en un rictus. Un murmure d'horreur parcourut les millions de téléspectateurs. Car la scène était retransmise par satellite dans le monde entier.

Tout à coup, dans le monde réel, le téléphone de Jess sonna dans son sac.

– Qu'est-ce que c'est, ma chérie? dit sa mamy d'un air inquiet. Un e-mail?

– Un SMS, mamy, répondit Jess en attrapant son téléphone. Sans doute Flora.

– On éteint son téléphone portable au restaurant, dit sa mère, qui ne ratait jamais une occasion de la sermonner.

– Oui, oui, une minute, dit Jess en essayant

de garder son calme alors qu'elle découvrait le message de Fred.

KESKICE PASSE ? + DE NOUVELLES. TU ME TROMPES AVEC UN MAÎTRE NAGEUR ?

Elle répondit à la hâte d'un SMS qu'elle espérait cinglant.

COMMENT VA LE DÉCOLLETÉ DE CHARLOTTE ? TOUJOURS AUSSI ENVOÛTANT ?

Elle appuya sur la touche « envoi » d'un geste amer. Comment osait-il se montrer jaloux alors qu'elle ne faisait que penser à lui depuis trois jours ? Et pendant ce temps, il batifolait avec des filles à la poitrine généreuse, le salaud.

– Je t'ai dit d'éteindre cette cochonnerie, Jess ! dit sa mère, de plus en plus grincheuse.

– D'accord, d'accord, pas besoin de t'énerver.

À cet instant, un nouveau message arriva :

CHARLOTTE A CINQUANTE BALAIS ET C MA PATRONNE, CRÉTINE. SES SEINS SONT AUSSI EXCITANTS QU'UNE FAILLE GÉOLOGIQUE.

Jess fut prise d'un immense soulagement. Ce cher Fred ! Elle avait été vraiment stupide. Elle s'était gâché la journée pour rien. Comment s'excuser avec gentillesse, charme et drôlerie ?

Pendant qu'elle se creusait la tête, un autre message arriva. Elle le lut en toute hâte. Quel message l'adorable Fred lui envoyait-il ? Une déclaration d'amour ? Non ! Jess sentit son sang se glacer.

C DE ROSIE QUE TU DOIS TE MÉFIER…

14

De retour au B&B, Jess eut au moins le soulagement de se retrouver seule dans sa petite chambre. Catastrophe ! Elle n'avait plus de forfait sur son portable. Impossible d'envoyer un message à Fred pour qu'il lui explique cette histoire de Rosie. S'il y avait encore quelque chose à expliquer. Jess se sentait abandonnée comme une vieille chaussette.

Incapable de dormir, elle se tourna et se retourna dans son lit toute la nuit. Quand elle s'assoupit enfin, ce fut pour plonger dans un sommeil agité où elle rêva que Fred la trompait avec toute une équipe de basketteuses. Quand le jour se leva, Jess s'endormait enfin. Et quand sa mère frappa à la porte pour le petit déjeuner, elle eut l'impression que c'était le milieu de la nuit.

Elle se traîna jusqu'à la salle à manger comme un zombie de vieux film en noir et blanc. Elle était de toute façon noire et blanche : humeur noire et visage blanc. Elle qui avait prévu de se lever de bonne heure pour acheter une carte de téléphone, c'était raté.

– Jess ! Tu en as une tête ! Qu'est-ce qu'il y a ? lui demanda sa mamy.

– Je n'ai pas réussi à dormir, dit Jess en prenant place à la table du petit déjeuner.

– Allez, ma chérie, ça va aller. Mange un peu de bacon et d'œufs, l'encouragea sa mamy. Ça te fera du bien.

Sa mamy lui attrapa la main et lui caressa les cheveux. C'était gentil, mais très énervant. Jess refusa le bacon et les œufs. Pour la première fois depuis qu'elles étaient en voyage, elle n'avait pas faim. De toute façon, elle ne doutait pas que les œufs au bacon étaient pourris.

À propos de pourri, heureusement que sa mamy avait laissé les cendres de grand-père dans la chambre. Ce n'était pas évident de prendre son petit déjeuner à une table où trônaient les reliques d'un ancêtre.

– Je mangerai juste un toast, fit tristement Jess.

– D'accord, dit sa mère en lui servant du thé avec un sourire qui, Jess le comprit, annonçait une nouvelle visite historique.

S'il n'était pas déjà au fond de l'océan, son moral aurait plongé encore plus bas.

– Aujourd'hui, c'est le clou de notre voyage, annonça sa mère. On va aller visiter une tombe.

« Formidable, pensa Jess. Une tombe. Ça au

moins, ça va dans le sens de la vie. J'aurais dû m'en douter. »

– Une tombe ? reprit sa mamy, visiblement ravie. Et de qui ?

– De Thomas Hardy, dit sa mère d'un air de triomphe. Jess, que sais-tu de lui ?

Jess garda le silence. Même si elle avait su tout ce qu'elle devait savoir sur Thomas Hardy, elle n'en aurait pas dit un mot. Quand bien même elle l'aurait bercé, nourri, et aurait lu toute sa correspondance secrète.

– Aucune idée, croassa-t-elle. Je peux avoir la marmelade, mamy, s'il te plaît ? Et vous auriez quelque chose contre le mal de tête ?

Peut-être que si sa mère la croyait malade, elle se tairait. Espoir vain.

– Thomas Hardy a écrit plusieurs romans, qui tous se passent dans le Dorset, dit sa mère avec une excitation démesurée, comme si elle venait de trouver un ticket de loto gagnant. Mais par ailleurs, il a eu une vie très triste.

« Comme tout le monde, pensa Jess. Tous les membres de ce voyage ont une vie très triste. »

– Il a épousé une femme qui s'appelait Emma, mais il était tellement occupé qu'il ne s'est guère intéressé à elle. Quand elle est morte, il a eu le cœur brisé. Il s'est senti tellement coupable de ne pas l'avoir appréciée à sa juste valeur qu'il s'est mis à écrire de nombreux poèmes sur elle.

L'idée intéressa Jess. Elle décida de périr sans attendre pour que Fred, rongé de culpabilité, se rende chaque jour sur sa tombe avec un nouveau poème. Il se négligerait encore plus que d'habitude. Des champignons lui pousseraient dans les oreilles. Et, bien sûr, il ne regarderait plus jamais une autre fille. Même sur MTV.

– Tant et si bien, reprit sa mère, qu'il a demandé qu'à sa mort on lui prélève le cœur pour l'enterrer dans la tombe de sa première femme.

– Atroce ! protesta Jess.

– Et qu'est-ce qu'on a fait du reste du corps ? demanda mamy.

– Il a été inhumé à l'abbaye de Westminster. Dans le carré des poètes.

– C'est vraiment étrange, remarqua Jess.

– Tu as bien dit la tombe de sa première femme, Madeleine ? reprit mamy, avec la perspicacité d'une miss Marple.

– Oui. Car entre-temps, il s'était remarié.

– Quoi ? Il s'est remarié, mais il a demandé que son cœur soit enterré avec sa première femme ? s'exclama Jess.

– Exactement.

– Vraiment étrange, répéta-t-elle.

Quelle épouse accepterait un truc pareil ? Si Fred lui disait qu'il voulait que son cœur soit enterré avec une précédente petite amie, Jess se ferait un plaisir de le cuire au barbecue et de le manger avec des frites.

– Regardez le soleil ! s'exclama mamy. Il vient juste d'apparaître ! Cela va être encore une belle journée.

Sa mamy était vraiment à côté de la plaque.

15

– La tombe de Thomas Hardy n'est pas très loin ! annonça la mère de Jess avec une voix vibrante d'excitation alors qu'elle reculait imprudemment sur le parking.

Comme si ça pouvait intéresser Jess. La tombe de Hardy aurait pu se trouver à l'autre bout de la galaxie, ça ne l'aurait pas émue.

Elle avait supplié sa mère de la laisser courir à un magasin pour acheter une recharge de téléphone, mais s'était entendu dire qu'elles devaient partir de bonne heure, et que de toute façon elle dépensait trop d'argent.

– Attention, Madeleine, tu fonces dans le mur ! s'écria mamy.

– C'est bon, maman ! protesta la mère de Jess. Je suis la conductrice la plus prudente du pays, alors arrête de crier comme ça !

Tiens ! Peut-être que la cohabitation de sa mère et de sa mamy n'était pas si facile que ça, remarqua Jess. Peut-être qu'elles s'étaient disputées, que sa mère s'était mise à bouder et enfermée dans la salle de bains en écrivant « Maman est nulle » sur la glace avec du savon. Sa mère appelait encore de temps en temps mamy « maman ». C'était un peu bizarre d'imaginer sa mère en adolescente maussade. Mais Jess se dit que même sa mamy avait dû bouder, à son âge.

Elle sourit à cette pensée. Ce sourire parut étrange sur son visage. Elle se rendit compte qu'elle n'avait pas souri depuis plusieurs jours.

– Nous ne sommes pas loin, dit sa mère. Juste à quelques kilomètres de l'église.

Jess aurait préféré avoir beaucoup de route à faire. Elle aurait volontiers passé la journée sur la banquette arrière de la voiture à regarder le paysage avec apathie. De préférence un paysage de précipices, de rochers, de corbeaux et de pins frappés par la foudre.

Hélas, ce genre de paysage n'était guère caractéristique du sud-ouest de l'Angleterre, et Jess dut se contenter de prés verdoyants sous le soleil et de vallons avec quelques aperçus sur la mer dans le lointain.

Elle était très impatiente d'atteindre la mer. Sa mère avait dit qu'elles resteraient plusieurs jours en Cornouailles. Dès qu'elles atteindraient le rivage, Jess irait s'asseoir face aux vagues. En espérant que la plage serait déserte. Pas terrible d'afficher une humeur de chien au milieu de hordes de gamins braillards en train de se goinfrer de glaces.

Tout à coup, elle pensa à Fred. S'il avait été là, l'histoire du cœur de Thomas Hardy serait devenue délicieusement drôle. Fred l'aurait placée en tête d'une longue liste d'attractions touristiques bizarres. Il aurait imaginé des centaines d'autres choses à faire avec son corps après la mort. Mais un seul être manquait à Jess, et tout était dépeuplé…

– Nous y voilà ! s'écria gaiement sa mère alors qu'elles s'engageaient dans un chemin qui débouchait sur une minuscule église blottie au milieu des arbres. (Inutile d'espérer trouver une recharge de téléphone dans un endroit pareil). Voici donc l'emplacement de son tombeau !

« Vraiment excitant », pensa Jess.

– Ses cendres se trouvent à l'abbaye de Westminster, déclara mamy en consultant le guide. Ils ont dû prélever le cœur avant la crémation. Je me demande bien qui pratique ce genre d'acte.

La mamy de Jess avait un goût presque gênant pour ces détails. Un instant, Jess craignit qu'elle aille chercher les cendres de son grand-père dans le coffre pour que lui aussi voie la tombe de Thomas Hardy.

Heureusement, sa mamy s'abstint, et ce ne furent que les membres vivants de la famille qui franchirent la petite barrière autour de l'église. Jess aperçut aussitôt la tombe à gauche sur le sentier. Autant en finir au plus vite pour reprendre ses rêveries dans la voiture.

– La voilà ! s'exclama-t-elle.

– Non, ma chérie, ce n'est pas la bonne, dit sa mère.

– Mais il y a écrit « Thomas Hardy ».

– Ce n'est pas lui. Les dates sont trop anciennes. C'est peut-être son père. Ou son grand-père. Attends, je réfléchis…

Plusieurs tombes alignées portaient le nom de Thomas Hardy.

Jess était dégoûtée. Elle n'avait même pas réussi à trouver le bon Thomas. Et pourquoi étaient-ils plusieurs, d'abord ? Une épidémie, peut-être. Ou un cruel manque d'imagination de la part des parents qui donnaient le même nom de génération en génération… Pourquoi pas Leonardo ou Oliver ? Ou Dave ?

– La voilà ! annonça mamy. Il est écrit qu'un cœur est enterré ici. C'est le tombeau de sa première femme, Emma Lavinia Gifford.

– Et voici un poème qu'il a écrit en souvenir d'Emma, dit sa mère en sortant un livre de sa poche et en l'ouvrant à une page marquée par un ticket de bus.

Et elle se mit à déclamer, d'une voix sinistre :

« Alors bien obscure est sa vie ! Car nul cri
Ne m'arrive de qui l'habite,

Elle a coupé d'elle-même le fil qui portait
Ses plaintes à mes oreilles. »

– Maman ! Ça suffit ! On ne lit pas de poèmes en public ! C'est trop bizarre !

– Ne sois pas stupide, Jess, de toute façon, il n'y a que nous.

Et elle reprit sa lecture. Jess secoua la tête d'un air incrédule et croisa le regard de sa mamy.

Celle-ci se pencha vers elle en murmurant :

– Laisse, ma chérie. Ta mère a toujours été une incurable romantique.

Que sa mère soit une incurable romantique était aussi bizarre que d'imaginer sa mamy en championne de tennis. Jess observa la cime des arbres en se bouchant les oreilles pour ne pas écouter le poème. Elle aurait aimé se métamorphoser en oiseau.

« Si j'étais un oiseau, pensa-t-elle, je filerais à la maison, je chercherais Fred partout, si je le trouvais avec Rosie, je les attaquerais tous les deux à coups de bec, elle aurait si peur qu'elle s'enfuirait. Puis je me percherais sur l'épaule de Fred, je me blottirais sous sa veste et je ne le quitterais plus jamais. »

Cette idée la réconforta un peu, et une fois la visite de l'église faite, elles remontèrent en voiture. La dose quotidienne d'histoire semblait ingurgitée. Jess écrivit à Flora la carte d'Humphrey Bogart.

Ma chère Flo,

Vacances exécrables. Ma mère me traîne jusqu'à des tombeaux où elle lit à voix haute d'abominables poèmes d'une voix sinistre. Ma mamy transporte les cendres de mon grand-père partout. Et apparemment, Fred est tombé amoureux d'une fille qui s'appelle Rosie. Amuse-toi bien. À ma place.
Je t'embrasse fort,
Jess.

Elle écrivit aussi à nouveau à son père.

Salut papa !

Tu savais que Thomas Hardy s'était fait charcuter et enterrer à deux endroits différents ? C'est dingue, non ? Tu sais où tu veux être enterré, toi ? De toute façon, tu n'as pas le droit de mourir. Si tu meurs, je te tue. Ce voyage est si déprimant que j'attends de voir ta mouette pour me réconforter. J'ai hâte d'être là !
Je t'embrasse,
Jess.

Après avoir terminé les deux cartes et collé les timbres, Jess rêva qu'elle était le canari domestique de Fred alors que la voiture quittait le Dorset pour le Devon.

– Tu remarqueras que dans le Devon, les sillons sont très profonds et que la terre y a une merveilleuse teinte rouge.

Quelle pensée rassurante ! Plongée dans ses rêves, Jess n'aurait de toute façon rien remarqué, même si le Devon avait été peuplé de dragons et la terre en gâteau au chocolat.

16

Elles arrivèrent enfin à Totnes, où la mère de Jess avait retenu des chambres. Jess reprit vie. L'endroit avait l'air agréable et animé, elle y trouverait sans problème des cartes de recharge de téléphone. C'était l'essentiel.

– J'ai toujours voulu venir ici, dit sa mère en se garant de travers, comme d'habitude, manquant d'emboutir un camping-car.

La mère de Jess avait toujours voulu aller partout où elles allaient. Peut-être qu'elle s'était trompée de métier. Elle aurait dû être guide touristique, et non bibliothécaire. Quoique Jess vît mal sa mère en uniforme de polyester bleu ciel avec une chemise blanche et un nœud débile. Sa mère était trop excentrique pour ça.

Ce jour-là, elle portait un grand pantalon noir parsemé d'étoiles qui, si on était honnête, étaient en fait des taches de thé, un tee-shirt de Bob Marley et un pull tricoté main au Pérou par des Indiens en plein sacrifice humain.

Bizarrement, à Totnes, tout le monde ressemblait à sa mère. C'était un endroit qui lui convenait, pas de doute. Après avoir garé la voiture, elles se mirent en quête d'un salon de thé, car mamy criait grâce.

Le salon de thé s'appelait *Le Gros Citron*, drôle de nom pour un salon de thé, mais Jess comprit que c'était tout à fait le genre de Totnes. Elle n'avait encore vu qu'une seule rue, mais déjà aperçu trois vieux hippies barbus et deux femmes vêtues de jupes de gitane avec un foulard pailleté sur la tête.

– Ils servent plus de soixante-dix variétés de thé ! s'émerveilla mamy en découvrant la carte. Vous vous rendez compte, soixante-dix !

Rien que ça.

– Et chacun a un nom poétique, renchérit la mère de Jess. Le choix de l'empereur, la caravane russe, le vert montagnard…

Oh non ! Elle risquait de se remettre à lire de la poésie.

Jess but un chocolat chaud en mangeant une succulente quiche végétarienne. Elle se sentait d'humeur joyeuse. Elle aimait bien *Le Gros Citron*. C'était un nom génial. Les parents de Thomas Hardy auraient mieux fait d'appeler leur fils Gros Citron. Gros Citron Hardy : avec un nom pareil, il aurait pu devenir trompettiste de jazz plutôt qu'écrivain malheureux.

– Tu vas mieux, ma chérie ? chuchota mamy.

– Oui, merci, dit Jess en lui prenant sa vieille main, qui craqua comme un tas de brindilles.

Les yeux de sa mamy se teintaient parfois d'un gris pâle qu'on ne retrouvait que chez les personnes âgées. Comme s'ils apercevaient déjà l'au-delà.

Jess sentit tout à coup avec terreur des larmes lui monter aux yeux. Oh non ! Encore le syndrome prémenstruel ! Elle pensa aussitôt à autre chose.

– Qu'est-ce qu'on va visiter demain, maman ? demanda-t-elle.

Sa mère eut l'air stupéfaite. C'était la première fois que Jess manifestait le moindre intérêt pour leur voyage.

– Je voudrais te montrer le château de Berry Pomeroy, répondit-elle. On dit que c'est l'endroit le plus hanté du pays.

Normalement, à ces paroles, la clientèle du *Gros Citron* aurait dû se taire, et un nuage couvrir le soleil. Mais les gens continuèrent à manger leur quiche végétarienne et à discuter herbes et boule de cristal.

– Génial ! fit Jess. J'adore les châteaux hantés. Quand je serai grande, je voudrais devenir fantôme.

– Ne t'en fais pas, ma chérie, fit sa mamy. On le devient tous un jour ou l'autre.

À Totnes, elles avaient des chambres dans un vieil hôtel qui donnait sur une rue très fréquentée. Le bruit montait jusqu'aux fenêtres de Jess, comme parfois dans les films. À cette différence près que dans un film, elle aurait aperçu Fred dans la foule.

Elle pouvait maintenant aller acheter une carte de téléphone. Mais elle décida d'écrire d'abord à Fred pour que sa lettre parte à la prochaine levée.

Mon très cher Fred,

Nous sommes à Totnes, la capitale hippie. Ici, on trouve des chaussures faites main avec des rouleaux de papier toilette recyclé. Ma mamy s'est émerveillée des soixante-dix variétés de thé qu'ils servaient dans le salon. Mais elle a commandé le même que d'habitude.

Ma mère a tenté le tout pour le tout et essayé un thé fabriqué à partir de bouse de chameau dans la très lointaine contrée du Snobikistan. Mais elle s'est aperçue qu'elle n'aimait pas ça. Ma mère résumée en une tasse de thé.

Aujourd'hui, on a visité la tombe d'un triste Tom qui écrivait des romans tristes sur des gens tristes. C'était nul. Il a eu une vie triste, bien sûr. Il ne s'est rendu compte qu'il aimait sa femme qu'après sa mort. Alors il a demandé qu'à sa propre mort on prélève son cœur pour l'enterrer avec elle. Je me demande si c'est touchant ou débile, en tout cas, j'exige la même chose de toi, sinon je te tue.

Du coup, j'ai eu l'idée d'écrire mon testament.

Si c'est moi qui meurs en premier, je veux être empaillée. Je veux que tu sortes mon corps en boîte de nuit tous les samedis soir. Tu peux bien faire ça pour moi, non ? Et n'oublie pas de vérifier mes sourcils.

J'espère que tu travailles dur et que tu te tiens à distance du décolleté de Charlotte, même ridé. Mais si Rosie prend ma place dans ton cœur, sache que je prélèverai personnellement l'organe susmentionné après ta mort. D'ailleurs, pourquoi attendre ta mort ? Je m'en chargerai alors que tu vivras encore, je le fourrerai au foie de poulet, et je le jetterai au premier loup venu.

Mon humeur s'emballe. Je ne serai en paix que lorsque vous serez tous deux transformés en chair à pâté. Non, je ne suis pas jalouse. Mais si Rosie existe vraiment, elle doit savoir qu'elle peut dire adieu à ses ovaires. Sors avec elle autant que tu veux, espèce de traître, mais tant qu'il y aura une once de souffle dans mon corps, elle n'aura pas d'enfant de toi. J'espère que tu vas bien.

Je t'embrasse fort,

Jess.

17

Jess glissa la lettre dans une enveloppe, la ferma et fit un baiser passionné sur le rabat. Malheureusement, le gloss du Body Shop laissa une trace révélatrice. Jess voulut tout effacer dans la salle de bains. Mais ne fit qu'empirer la situation.

Au bout du compte, elle finit par embrasser l'enveloppe partout. Ça donnait l'impression que celle-ci avait été piétinée au centre de tri par un postier qui traversait chaque jour des marécages peuplés d'ânes incontinents.

Pas grave. Jess se prépara à sortir pour trouver une boîte aux lettres. Elle attrapa son mp3 et son portable et quitta sa chambre. Elle arpenta les petites rues très escarpées jusqu'à trouver une boîte aux lettres où elle posta les cartes pour Flora et son père. Elle sortit de son sac la lettre pour Fred et hésita. Les doigts qui toucheraient ensuite cette lettre seraient ceux de Fred. Jess faillit s'enflammer quand elle lâcha l'enveloppe dans la boîte.

Quelques instants plus tard, elle se dit qu'en

fait, la personne qui allait d'abord toucher cette lettre serait sans doute une grosse femme de la poste. La vie n'était jamais aussi magique qu'on l'espérait.

Puis elle racheta une recharge pour son téléphone. Au moins, elle allait pouvoir reprendre contact avec son bien-aimé. Tous ses bien-aimés, en fait. Car elle aimait aussi beaucoup son père, et Flora était sa meilleure amie. Mais elle écrivit d'abord un SMS à Fred.

VACANCES ATROCES. ESPÈRE QUE TU SOUFFRES AUSSI. VIENS DE T'ENVOYER UNE LETTRE.

En appuyant sur « envoi », elle se rendit compte qu'il n'y avait pas de réseau. Elle voulut l'appeler d'une cabine, mais elle n'avait presque pas de monnaie : elle aurait à peine le temps de dire bonjour avant que ça coupe. Et puis, il devait travailler, à cette heure. Il travaillait tous les soirs. Il aurait éteint son portable. Ou alors, s'il décrochait, il risquait d'être avec Rosie.

Comme ce serait atroce d'appeler Fred et de le sentir distant. Encore pire, de s'entendre dire qu'il ne pouvait pas parler. Avec un rire moqueur de fille en arrière-fond. Ce serait pire que de ne pas lui parler du tout.

Toutes trois dînèrent à l'hôtel, car mamy était trop fatiguée pour gravir la colline jusqu'à un restaurant. Jess prit du poulet, même si elle avait complètement perdu l'appétit.

La mère de Jess parla de son réveille-matin qui ne marchait pas. Au moins, ça entretenait un fond de conversation. Jess était contente que sa mère ait cessé de dire des choses bizarres sur les hommes. Et pour une fois, elle avait fait un effort pour être à peu près présentable. Elle avait mis une chemise en soie noire et un pantalon en crêpe.

– Tu es très jolie ce soir, maman, fit remarquer Jess. (Sa mère eut l'air étonnée et un peu inquiète.) Le noir te va bien. Mais tu devrais mettre des boucles d'oreilles en argent.

La mère de Jess ne portait jamais d'argent. Elle avait des palmiers en bois coloré aux oreilles. Une faute de goût, toutefois tolérable à Totnes.

Quelques instants plus tard, Jess regretta d'avoir redonné confiance à sa mère avec ses compliments. Un serveur à la chemise tachée de sueur aux aisselles approcha.

– Désirez-vous la carte des desserts ?

La mère de Jess lui fit un horrible clin d'œil en disant :

– On pourrait considérer que vous nous avez déjà gâtées, mais je dois reconnaître que je rêve de tarte aux fruits de la Passion.

La façon dont elle insista sur « Passion » avec une voix rauque suggérait qu'elle aimerait bien qu'il la lui serve au lit. Où elle l'attendrait en déshabillé rose.

Heureusement, Jess savait que sa mère n'avait pas de déshabillé : elle portait toujours un maillot de rugby pour dormir. Jess ne voulait pas de dessert, mais à la perspective de n'avoir rien d'autre à faire que regarder sa mère draguer, elle se sentit faiblir. Seul un pudding au caramel pourrait lui redonner courage.

– Bon, ce soir, on se couche tôt, car demain, nous allons visiter le château de Berry Pomeroy, dit sa mère après le café. L'endroit le plus hanté d'Angleterre.

Jess en eut des frissons. Elle se demanda pourquoi des expériences aussi excitantes devaient toujours attendre le lendemain. Pourtant elle ignorait encore que, dans la tour hantée, quelque chose lui ferait dresser les cheveux sur la tête.

18

Le lendemain matin, Jess fut réveillée par la pluie. Un temps idéal pour visiter un château hanté. Elle sortit aussitôt avec son portable et tourna autour de l'hôtel jusqu'à trouver un peu de réseau. Elle avait reçu un SMS pendant la nuit ! Deux, même ! Ce cher Fred… Une journée qui commençait avec un message de lui ne pouvait être qu'une bonne journée. Mais il n'y avait aucun message de Fred. L'un était de son père, l'autre de Flora.

PAS TRÈS DOUÉ EN POITRINE, disait son père. CE QUI COMPTE C LA BEAUTÉ DU CŒUR ET L'ODEUR DES PIEDS. POUR LA MOUETTE, IL Y EN A PARTOUT DANS LE CIEL.

Jess soupira. Le SMS de Flora, maintenant. La belle et chanceuse Flora.

SALUT ÇA VA ? TU SAIS QUOI ? FINALEMENT JE VAIS À RIVERDENE AVEC FREYA ! ON PART DEMAIN. GÉNIAL, NON ? JE TE RACONTERAI, BISOUS, FLO.

Jess sentit une décharge de jalousie lui traverser le cœur. Combien elle aurait aimé aller à Riverdene avec Flora et Freya ! Mais au moins, si Flora était à Riverdene, elle ne risquait pas de croiser Fred.

TOUJOURS BÉNIE DES DIEUX, HEIN ? PROFITES-EN. JE SUIS DANS UN HÔTEL POURRI ET IL PLEUT. LE RIDEAU DE DOUCHE SENT LE MOISI ET MA MÈRE DRAGUE TOUS LES SERVEURS.

Heureusement, le petit déjeuner fut apporté par une fille. Le garçon aux taches sous les aisselles devait être de repos. De toute façon, la mère de Jess n'était pas d'humeur badine, ce matin-là. Elle était pressée de partir.

Pendant qu'elle réglait la note, la bruine se transforma en violent orage. Des torrents d'eau boueuse dévalèrent la colline, des éclairs balayaient le ciel et le tonnerre résonnait dans la vallée. La mère de Jess tint un parapluie au-dessus de la tête de mamy alors que celle-ci montait en voiture. Jess bondit sur la banquette en claquant la portière. Le temps que sa mère fasse le tour de la voiture, elle était trempée. On aurait dit un épouvantail. Jess était soulagée que Fred ne puisse pas voir ce tableau.

– Quel orage ! s'exclama mamy. Je suis frigorifiée !

À l'arrière de la voiture, il y avait un plaid que Jess tendit à sa mamy. Elle le déplia en toute hâte sur ses genoux.

– S'il pleut encore au prochain arrêt, je ne descendrai peut-être pas, Madeleine, déclara-t-elle. Si ça ne te dérange pas, je vous attendrai dans la voiture.

– Pas de problème. Mais je veux quand même aller voir ce château. J'ai…

– Toujours eu envie d'aller là-bas ! l'imita Jess.

Elles éclatèrent toutes les trois de rire. C'était la première fois que Jess les faisait rire depuis très longtemps.

– Au fait, reprit-elle, j'ai reçu un SMS de Flora, ce matin. Finalement, elle va à Riverdene. Avec sa grande sœur.

– Dans ce cas, c'est très différent, répondit sa mère. Freya est une fille si raisonnable.

Qu'est-ce que sa mère en savait ? Quelque temps auparavant, Freya était tellement folle d'un garçon qu'elle était devenue complètement mystique et lui avait jeté un sort. Et aussi, secret top secret, même le père de Freya l'ignorait, elle avait fêté son premier semestre à Oxford en se faisant tatouer un cochon en talons aiguilles sur les reins.

– J'imagine que Flora te manque beaucoup, ma chérie, dit sa mamy alors qu'elles quittaient la ville sous une pluie diluvienne.

– Oui. Au moins, on reste en contact grâce aux SMS, dit Jess, rusée.

Jusqu'à présent, elle avait réussi à faire passer tous les SMS de Fred pour des messages de Flora.

La mère de Jess prit la direction de Berry Pomeroy, et elles se retrouvèrent bientôt sur un petit chemin au milieu des bois. On aurait vraiment dit un endroit hanté. Pour la première fois du voyage, Jess avait envie de voir ce que sa mère voulait lui montrer.

Au bout du chemin, la voiture déboucha sur une sorte de clairière. Il y avait un parking sous des arbres dégoulinant de pluie et, un peu plus loin, un château en ruine, sinistre et sombre, qui se dressait à contre-jour. La mère de Jess gara la voiture et, au moment où elles sortirent, la pluie s'arrêta presque comme par magie.

– Je ne bouge pas, annonça sa mamy. J'ai acheté ce journal il y a deux jours, or je n'ai même pas encore eu le temps de le lire.

– D'accord, fit la mère de Jess. On n'en a pas pour longtemps.

Elle acheta deux tickets au guichet pendant que Jess observait les ruines. De la vapeur s'échappait des vieilles pierres. C'était vraiment une vision curieuse.

– Le château de Berry Pomeroy, lut sa mère dans un guide, a été construit au XVe siècle pour la famille Pomeroy… Je saute la suite, c'est un peu ennuyeux. Le château a ensuite été abandonné vers les années 1688-1701 et depuis, il tombe en ruine. Il a rapidement été envahi par la végétation et on lui prête toutes sortes de mystères, folklore et légendes.

– Maman, ça t'embête si je m'y promène seule ? Tu ne m'en veux pas, hein ? J'ai juste envie de me plonger dans l'atmosphère. Je suis capable de lire le guide moi-même. Tu n'es pas obligée de le faire à ma place.

– Ah bon, tu es capable de lire un guide, toi ? Très bien, je ne dis plus rien. Je le garde, et s'il y a quelque chose que tu veux savoir, demande-le-moi.

– Merci. À tout à l'heure, dit Jess en s'éloignant.

Elle regarda tout autour d'elle. Elle se trouvait au milieu des ruines. Des corbeaux croassaient lugubrement dans les arbres.

Jess tourna à droite et franchit une embrasure en ruine, puis descendit un chemin qui menait à une tour ronde avec une fenêtre béante. Au bas de la tour s'élevait un escalier en colimaçon. Le sol était sablonneux. Un souffle d'air caressa le visage de Jess. Tout à coup, elle eut très froid et se sentit terriblement seule.

Elle avait envie de parler à Fred. Cela faisait très longtemps qu'elle ne lui avait pas envoyé de message. Elle sortit son portable pour l'appeler. Et tomba sur sa boîte vocale.

Elle ne laissa pas de message. Elle ne voulait pas avoir l'air accrochée à lui. Au contraire, elle eut une idée. Elle allait l'appeler chez lui ! Il n'était sans doute pas encore parti, les serveurs travaillaient surtout au déjeuner ou le soir. En pleine matinée, il serait certainement là.

Jess tremblait d'excitation en composant le numéro. Elle l'entendait presque sonner dans cette divine maison où la présence magique de Fred était une réalité quotidienne. Quelqu'un décrocha. La mère de Fred.

– Anne Parsons, j'écoute.

– Bonjour, c'est Jess. Je pourrais parler à Fred, s'il vous plaît ?

– Eh non, Jess. Je crains qu'il ne soit absent pour quelques jours.

– Ah bon… Mais je croyais qu'il avait trouvé un travail ?

– Eh bien… En fait, il s'est fait virer hier pour avoir renversé quelque chose et manqué de politesse. Quel maladroit ! Alors il est parti à Riverdene. Avec Luke, je crois.

Jess eut un choc. Fred à Riverdene ! À tous les coups, il allait y retrouver Flora. Jess eut l'impression qu'on lui enfonçait un piolet dans le cœur. Elle en était sûre, Flora et Fred avaient prévu de se retrouver là-bas en secret.

19

Jess tenta héroïquement de poursuivre la conversation d'un ton léger, mais elle avait le cœur en trois milliards de morceaux. Non, quatre milliards. Décomposé, comme celui de Thomas Hardy.

– Ce n'est pas grave, il n'y avait rien d'urgent, dit Jess en essayant de prendre un air détaché.

Quel menteur ! Finalement, Fred n'avait pas revendu les places de Riverdene !

– Et toi, tu t'amuses bien ? demanda la mère de Fred.

– Oui, oui, fit Jess entre ses dents serrées. C'est génial ! Désolée, je dois raccrocher, je n'ai bientôt plus de forfait.

Et elle coupa la communication. Au moment où elle remettait son portable dans sa poche, elle entendit sa mère monter. Jess redescendit prudemment l'escalier en espérant qu'elle n'ait pas entendu sa conversation téléphonique.

– Ah, te voilà, dit sa mère alors que Jess surgissait au bas de l'escalier. Je croyais t'avoir perdue ! Qu'est-ce qui t'arrive, ma chérie ? Tu es toute pâle.

– Rien, rien, dit Jess en cachant ses mains tremblantes.

Fred et Flora ensemble à Riverdene ! Elle reprit :

– C'est juste que... je me sens un peu bizarre ici.

– Allez, viens prendre une tasse de thé à la buvette, dit sa mère. Cela te remettra d'aplomb.

« Typique de maman, se dit Jess. Comme si une tasse d'eau chaude allait m'épargner la folie. »

Elles s'installèrent à la buvette, où Jess prit un chocolat chaud. Ça ne faisait pas de miracles thérapeutiques, mais c'était déjà mieux que du thé.

– La tour où tu te trouvais s'appelle la tour Margaret, dit sa mère en consultant son guide. C'est l'une des plus vieilles parties du château. On raconte que cette tour est hantée par la « Dame Blanche », le fantôme de Margaret Pomeroy qui, d'après la légende, y a été enfermée par sa sœur jalouse, Dame Eleanor. Plusieurs personnes racontent avoir senti sa présence ou même l'avoir vue. C'est peut-être la Dame Blanche qui t'a effrayée.

– Peut-être, fit Jess.

Quelle coïncidence que cette tour ait été le lieu d'un conflit entre sœurs... Si Flora volait Fred à Jess, cette dernière achèterait une bétonneuse pour l'emmurer vivante. Pas pour la vie. Uniquement jusqu'à ce qu'elle cesse d'être belle. Mais connaissant Flora, à quatre-vingt-dix ans, elle serait encore belle.

Après sa tasse de chocolat chaud, Jess rassembla toute l'énergie dont elle était capable pour annoncer à sa mère qu'elle était remise de ses émotions.

– De toute façon, je ne crois pas aux fantômes, décréta sa mère alors qu'elles revenaient vers la voiture.

– Maman ! Toi qui ne rates jamais *Most Haunted* le mardi soir ! protesta Jess. Tu rigoles, tu adores ce genre de truc !

Comme c'était facile d'être hanté par ses meilleurs amis en plein jour. Jess voyait très bien Flora et Fred batifoler à Riverdene.

– Vous êtes déjà de retour ? dit mamy alors que Jess regagnait la voiture avec sa mère. J'ai eu une agréable conversation avec une dame qui promenait son chien. Il s'appelle Bosum, et il est le père de trente-six chiots. Elle m'a montré son ramasse-crottes. Il est magnifique. Elle l'a acheté à New York.

Sa mère s'installa au volant et examina la carte routière par-dessus ses lunettes.

– Et maintenant ? lança-t-elle. Où va-t-on ? De quoi avez-vous envie ? Un jardin historique, un beau manoir ou un zoo ?

– Pour tout te dire, ma chérie, je suis un peu fatiguée, dit mamy. Je m'installerais volontiers quelque part pour quelques jours. Faire et défaire les bagages chaque soir, cela m'épuise. Je m'endors tous les soirs avant la fin des informations.

– Moi aussi, je passerais bien plusieurs jours quelque part, déclara Jess. Au bord de la mer.

Elle rêvait d'observer les vagues pendant des heures. Et peut-être de s'y noyer.

– Ne pourrait-on pas aller à Mousehole ? s'enquit mamy.

Mousehole était l'adorable petit village de pêcheurs où elle avait passé sa lune de miel avec son défunt mari.

– Moi aussi, j'ai envie d'aller à Mousehole ! s'écria Jess. Ou encore mieux, à Saint-Ives ! J'ai trop hâte de voir papa.

– Dans ce cas, nous ferions tout aussi bien de gagner Penzance, dit sa mère. C'est juste à côté de Mousehole. On pourrait y passer le week-end. Vous resterez à Mousehole et, pendant ce temps, je pourrais visiter les jardins alentour. Je peux très bien faire l'aller et retour dans la journée.

– Excellente idée, maman ! Et puis je sais que tu préfères visiter des jardins sans moi.

À l'idée de passer une journée seule, Jess était ravie. Ça serait plus facile de se laisser aller au désespoir absolu.

– J'aimerais tant que tu t'intéresses aux jardins, soupira sa mère.

– Maman, sois réaliste ! Je suis une adolescente ! Si je m'intéressais aux jardins à mon âge, je serais une erreur génétique !

Sa mère passa quelques coups de fil et trouva un B&B. Elle avait un portable en cas d'urgence, même si elle ne l'approchait pas à moins de dix centimètres de sa tête pour éviter les tumeurs au cerveau. Très pratique. Jess jeta un dernier coup d'œil au château hanté et, une demi-heure plus tard, elles avaient rejoint une autoroute où les voitures filaient à toute allure.

– Je peux jeter un coup d'œil à la carte, mamy ? demanda Jess.

Depuis qu'elles avaient pris l'autoroute, sa mère n'avait plus besoin d'être guidée. Sa grand-mère lui passa la carte. Penzance ne semblait pas très loin de Saint-Ives. Peut-être qu'inspirés par l'histoire de mamy en Cornouailles, ses parents tomberaient à nouveau amoureux l'un de l'autre.

Jess fit une prière silencieuse : « Dieu, vous vous occupez des histoires d'amour ? Dans ce cas, pourriez-vous faire en sorte que mes parents se remettent ensemble ? Comme ça, on pourrait tous vivre dans une grande maison au bord de la mer avec un chien qui s'appellerait Chef. Et je vous en supplie, faites que Flora sente très mauvais, si ça ne vous embête pas trop. Juste le temps de Riverdene. »

Quoique ce fût une bonne idée que Flora sente très mauvais pour toute la vie.

– J'ai lu le guide, dit mamy, et devinez ce qu'ils disent sur Mousehole. Autrefois, les pêcheurs y avaient la réputation d'être des contrebandiers, de jurer, de se soûler et de s'adonner à la luxure. Tous les autres hommes les enviaient. L'auteur de ce guide est très intéressant. Comment s'appelle-t-il déjà ? Ah oui, Darrell Bates. Tu le connais, ma chérie ?

– Seulement en tant que bibliothécaire, répondit sa mère. Je ne l'ai jamais rencontré en personne.

– Si tu pouvais faire la connaissance d'un écrivain, qui voudrais-tu rencontrer, maman ? demanda Jess.

– Vivant ou mort ?

– Te connaissant, maman, il sera forcément mort, mais si pour une fois tu pouvais t'obliger à t'intéresser à quelqu'un dont le pouls bat encore…

– Oh, ce serait Shakespeare, sans aucun doute, dit sa mère, balayant tout le reste de l'humanité d'une parole.

Il ne restait plus à Jess qu'à persuader son père de se raser la tête, de se laisser pousser la barbe, de porter des collants plissés et d'écrire des œuvres plus que génialissimes. Du gâteau.

20

Au bout d'un moment, Jess cessa d'être rongée par la jalousie. Elle ne faisait plus de cauchemars à propos de Riverdene. Elle se demandait maintenant à quoi ressemblait la maison de son père. Mais tout à coup, sa mère annonça qu'elle sentait monter une migraine.

– Il va falloir que je m'arrête, annonça-t-elle. Je vais appeler la maison d'hôte de Penzance pour leur dire que finalement, nous n'arriverons que demain. J'espère qu'ils ne seront pas trop furieux.

Peu après, elles aperçurent la pancarte d'un B&B à la ferme. La mère de Jess quitta l'autoroute et suivit les indications jusqu'au lieu-dit. Une grosse fermière au visage rougeaud entourée de trois labradors grondants leur ouvrit.

– J'ai plus que la chambre familiale de libre, dit-elle d'une voix beuglante.

– Ça ira, ça ira, répondit sa mère en se massant douloureusement les tempes.

– Dans ce cas, c'est par ici, annonça la fermière.

Toutes trois la suivirent dans une vieille cage d'escalier obscure jusqu'à un palier au plafond traversé de poutres. L'endroit paraissait aussi hanté que le château de Berry Pomeroy.

– Voilà, dit la fermière en ouvrant une petite porte.

La chambre était tout en longueur avec un plafond bas et trois lits. Il y flottait une perceptible odeur de chien mouillé.

– La salle de bains est sur le palier, précisa-t-elle.

La fermière leur montra une petite cabine qui contenait une baignoire en plastique marron datant au moins des années soixante-dix.

– Merci beaucoup, dit la mère de Jess. C'est parfait.

– Dans ce cas, je vous laisse, dit la fermière. Vous voulez une tasse de thé ?

– Un peu plus tard, s'il vous plaît, il faut avant tout que je me repose.

Elles retournèrent dans leur chambre. La mère de Jess s'assit sur l'un des lits et sortit ses médicaments.

– Je suis vraiment désolée. J'irai mieux demain matin, dit-elle.

– Ce n'est pas grave, ma chérie, dit mamy. Je vais te préparer un gant de toilette humide.

Jess alla chercher les bagages. Elle se sentait à nouveau triste. Elle qui rêvait de voir la mer et de retrouver son père, voilà qu'elle se retrouvait coincée pour la journée dans ce trou paumé.

Jess avait un minuscule petit lit dans un coin. C'était franchement exagéré. Elle s'éclipsa son portable à la main dans la salle de bains, avec l'espoir vain de découvrir un message de Fred.

Quand elle revint dans la chambre, sa mère était couchée avec un linge humide sur la tête et sa mamy faisait la sieste. Les rideaux étaient tirés. On aurait dit un hôpital de campagne. Impossible de rester là. Jess descendit l'escalier et sortit. Un panneau disait : « Vous pouvez vous promener dans les champs, mais refermez les barrières derrière vous et attention au taureau ! »

La ferme était entourée de pâturages. Jess s'avança dans le premier après avoir vérifié qu'il ne contenait ni vaches folles ni moutons hargneux. Elle pensa à Fred et Flora qui eux aussi se trouvaient dans un immense champ. Dans le même champ. À Riverdene. Aussitôt, Jess eut une vision affreuse.

« J'adorerais vivre sous les tropiques », disait une Flora ravissante avec son collier de fleurs dans les cheveux. « J'aurais une grande terrasse en bois au-dessus d'une cocoteraie », continuait-elle en étirant ses bras joliment bronzés dans le soleil. « Et aussi un hamac, et je nourrirais les perroquets avec les mangues de mon manguier. »

« Et aussi une piscine et un cours de tennis ? » demandait Fred, qui voyait Flora en championne de tennis, évidemment. Ou de water-polo.

« Oh oui ! Mais vu ma peau de blonde et mes yeux bleus, je devrais me méfier du soleil. »

Fred regardait, fasciné, cette fille mince, blonde avec des yeux étincelants. Tout le contraire de Jess, brune avec des yeux marron, petite et, soyons honnête, grassouillette. « Je me suis toujours demandé comment tu sentais si bon, Flora, alors que Jess, que Dieu ait pitié d'elle, a une odeur de corned-beef ouvert depuis longtemps. »

Jess chassa cette horrible pensée de son esprit. Elle détestait se rendre prisonnière de ce genre d'idée. Le seul moyen de savoir si Fred et Flora s'étaient vraiment rejoints à Riverdene, c'était de les appeler. Elle sortit son portable et composa le numéro de Fred. Messagerie. Elle appela Flora. Idem.

À cet instant, elle reçut un SMS de son père : TA MÈRE DIT QUE VOUS SEREZ ICI MARDI. JE SUIS TRÈS IMPATIENT. QU'EST-CE QUE TU AIMES MANGER EN CE MOMENT ? MOI JE SUIS RAIDE DINGUE DE CACAHUETES. JE VAIS MÊME EN PIQUER DANS LES BARS.

Jess sourit et dressa une liste : NACHOS FROMAGE, COCA, CHEESEBURGER AVEC DOUBLE

PORTION DE FRITES, PIZZA AU SALAMI, ET POMMES DE TERRE EN ROBE DE CHAMBRE SAUCE CHILI AU PETIT DÉJ.

Elle appuya sur « envoi », mais le téléphone bipa et un message s'afficha : « envoi refusé ». Oh non ! Elle était encore à court de crédit ! Où était la ville la plus proche pour recharger son compte ? À des kilomètres, bien sûr. Normalement, à cet instant, un nuage aurait dû couvrir le soleil et une rafale de pluie s'abattre sur Jess. Mais le soleil continua à briller obstinément. Jess atteignit la barrière du pré suivant. Elle l'escalada pour jeter un coup d'œil par-dessus la haie.

À trois mètres de là se tenait un énorme taureau. Il tourna sa grosse tête vers Jess et la regarda de ses étranges petits yeux roses. Jess bondit en arrière et courut comme une folle jusqu'à la maison. La fermière était en train de nourrir les poules dans la cour.

– Ta mamy est dans le jardin et ta mère dort, petite, lui annonça-t-elle.

En faisant le tour de la maison, Jess trouva sa mamy à l'abri d'un parasol sur une terrasse en pierre en train de siroter une tasse de thé.

– Ma chérie ! l'accueillit-elle. Mrs Hawkins m'a offert ces biscuits. Prends-en un.

Jess s'assit près d'elle en grignotant. Rien de tel qu'un petit gâteau pour soigner un cœur brisé. Elle regarda les parterres de fleurs d'un air absent. Dans sa tête, elle était à des centaines de kilomètres de là, à Riverdene.

– Tu vas bien, ma chérie ? demanda sa mamy en scrutant son visage, telle une miss Marple.

– Très bien, merci, mamy, dit Jess en essayant de sourire.

Un sourire qu'elle sentit disparaître comme la lumière d'une lampe à court de batterie.

Sa mamy fronça les sourcils.

– Qu'est-ce qu'il y a, ma chérie ? Dis-moi tout ! Je n'aurai peut-être pas de solution à t'offrir, mais ça fait toujours du bien de parler.

Jess hésita. Elle ne pouvait pas évoquer Fred devant sa mère, mais devant sa mamy ? Cette dernière avait un avis nettement moins tranché sur les garçons et les hommes. En fait, à sa manière, elle les aimait bien.

– Mamy, commença Jess d'un ton hésitant. Est-ce que… est-ce que, quand grand-père et toi étiez jeunes, tu as été jalouse d'une autre fille ?

– Moi, jalouse ? s'exclama sa mamy en rejetant la tête en arrière pour éclater de rire. Pour être franche, je n'oublierai jamais Christine Elliot. Une brune avec un sourire de vipère. Elle a essayé de me voler mon mari. Ça s'est passé pendant un voyage d'entreprise à la mer. À l'époque, les minijupes étaient à la mode. Ça devait être vers 1964, mais je m'en souviens comme si c'était hier.

– Et qu'est-ce qui s'est passé ?

– Ton grand-père et moi étions sur la plage. Je dis ton grand-père, mais à l'époque, nous n'avions pas plus de vingt-cinq ans. La Christine en question avait bu trop de bière au *Fish and Chips* à midi. Nous étions allés ensemble à la plage, et elle a fait une sorte de strip-tease en public. Heureusement, elle a gardé son bikini, mais elle a lancé ses bas au visage de John en lui criant : «Attrape !» puis elle a couru vers la mer.

– J'espère qu'elle s'est noyée ! s'écria Jess.

– Eh non ! Elle a sauté un petit moment dans les vagues en faisant comme si son soutien-gorge se détachait. L'idiote. Puis quand elle est ressortie, elle s'est allongée à côté de John en lui disant : « Sèche-moi, s'il te plaît. »

– Quelle allumeuse ! fit Jess. J'espère que grand-père l'a ignorée.

– Il lui a lancé une serviette en lui disant de nous faire le plaisir de se taire. Et je crains d'avoir fait quelque chose d'horrible.

– Quoi ? Qu'est-ce que tu as fait ?

– J'ai récupéré ses vêtements et je les ai jetés dans la mer. Après ça, elle ne nous a plus approchés, dit sa mamy avec une visible satisfaction. N'oublie jamais, ma chérie, que la plage est un endroit dangereux. Avec tous ces gens déshabillés, et le vent qui s'en mêle, parfois.

Jess soupira. L'histoire était amusante, mais elle ne l'aidait en rien.

– Alors, qu'est-ce qui t'ennuie, ma chérie ?

– Tu me promets que tu n'en parleras pas à maman ?

– Je te le jure, dit mamy avec un sourire complice.

– Il y a un garçon que j'aime beaucoup et qui m'aime beaucoup.

– Frank ? fit mamy.

Elle se trompait toujours sur les prénoms.

– Fred, oui.

– Il me plaît bien. Il a des beaux yeux expressifs, ma chérie. On dirait une otarie.

Jess ne releva pas. Il était vrai que Fred avait de grands yeux gris.

– Voilà, mamy, je viens de découvrir que Flora et lui sont tous les deux à Riverdene.

– Ensemble ? répliqua aussitôt sa mamy.

– Non, je ne pense pas qu'ils soient partis ensemble. Sauf s'ils ont menti. Flora y est allée avec sa sœur et la mère de Fred dit qu'il est avec Luke.

– J'ai lu un article dans le journal sur ce festival. Combien de personnes attendent-ils là-bas ? Cent mille ?

– Je ne sais pas. Mais ils vont forcément s'y croiser. Plein de gens de l'école y vont, et ils vont tous s'envoyer des SMS.

– Eh bien, quand bien même ils se rencontreraient, si ce garçon t'aime vraiment, il n'y aura pas de problème.

– Oui, mais Flora est si belle ! gémit Jess.

– Tout le monde apprécie les beaux visages, dit sa mamy. Mais les belles filles peuvent aussi faire peur aux garçons.

– Mamy ! Tu étais censée dire : « Mais ma chérie, tu es tellement plus belle que Flora ! »

– Bien sûr, mais l'apparence ne fait pas tout. Tu as plus de charisme dans ton petit doigt que cette Flora tout entière. Et le plus important, ma chérie, c'est le charisme, conclut-elle avec un clin d'œil des plus enjôleurs.

Jess se sentit un peu rassérénée par cette parole.

– Mais, mamy, reprit-elle, qu'est-ce qui se passera s'ils sortent quand même ensemble ?

– Dans ce cas, répondit sa mamy en se penchant vers elle, on trouvera un moyen d'assassiner Flora !

Jess se détendit. Un peu plus tard, sa mamy et elle inventèrent un jeu. L'une devait nommer un objet de la maison, et l'autre trouver un moyen de commettre un meurtre avec. Elles passèrent agréablement le reste de la journée. L'arme du crime favorite de Jess était la râpe à fromage, mais sa mamy préférait la cuillère en bois. C'était bien plus long pour parvenir à ses fins, mais d'autant plus satisfaisant, prétendit-elle.

21

Le lendemain, elles partirent pour Penzance, l'ultime bout de l'Angleterre. Elles découvrirent enfin la vaste mer scintillante. Perchée sur une colline, Penzance était un endroit charmant. Dans le port, les mâts des bateaux tintaient d'un air joyeux.

« Mon cher Fred, écrivit mentalement Jess. (Elle retranscrirait ensuite sa lettre sur papier.) Nous sommes enfin arrivées à la mer. J'ai prévu de m'embarquer sur un navire dès que possible. Je paierai mon billet jusqu'au canal de Panama en travaillant comme mousse. À moins que je ne me métamorphose en sirène. Quoique, me connaissant, je risque de me retrouver avec une tête de poisson et un bas du corps humain.

« Dès que je pourrai rétablir avec toi le contact par portable, je marcherai le long de la plage pour te faire écouter le bruit du ressac et le cri des mouettes. Avec en bande-son la musique de *Pirates des Caraïbes*, mais sans Orlando Bloom ni Johnny Depp, ni les Caraïbes. Ni les pirates, d'ailleurs. »

Pourtant, il y avait des palmiers dans le jardin du B&B. La mère de Jess franchit la grille puis se gara en manquant de peu un muret recouvert de fleurs.

– Nous y voilà, dit-elle en pilant.

– Bonjour ! leur lança un grand roux aux cheveux bouclés. Je m'appelle Bernie Ackroyd. Comment va votre tête ? Mieux, j'espère ?

Il leur serra la main, fracturant quelques cartilages au passage, puis insista pour monter lui-même leurs sacs dans les chambres.

– Je crois qu'il est australien, dit mamy. En tout cas, il a un drôle d'accent !

Jess détestait la façon dont sa mère et sa mamy parlaient des gens qu'elles venaient à peine de rencontrer, à voix haute, qui plus est.

– Mamy, tais-toi ! siffla Jess.

Elle ne voulait pas blesser Bernie. Ne jamais se fâcher avec un homme capable d'assommer un crocodile d'un coup de poing.

Sa mère et sa mamy avaient une chambre à lits jumeaux, donnant sur le jardin, avec des murs rouge vif, et Jess, un grand lit, à l'arrière de la maison. Les murs de sa chambre étaient également rouges, avec toutefois un soupçon de marron. Apparemment, Bernie aimait les couleurs tranchantes. Mais c'était le dernier souci de Jess. Elle était ravie d'avoir un grand lit et une chambre pour elle toute seule. Elle allait pouvoir laisser traîner ses vêtements et écrire à Fred sans subir d'interrogatoires serrés. Et dès qu'elle aurait récupéré du crédit sur son portable, elle lui enverrait des SMS depuis son lit jusqu'à ce qu'il crie grâce.

Elle se rendit dans la chambre de sa mère pour lui soutirer un peu d'argent. Bernie bavardait toujours. Il était même assis sur le lit, ce que Jess trouva osé.

– J'ai été un temps prof de sport, disait-il, mais une chose menant à une autre…

– Et depuis quand tenez-vous ce B&B ? demanda la mère de Jess avec un horrible sourire de gamine.

On aurait dit une groupie de l'entraîneur de foot.

– Depuis deux ans.

– Et vous vous en occupez tout seul ? continua-t-elle, ce qui revenait, en gros, à lui demander s'il était marié.

Ce type plairait-il à sa mère ? Au secours !

– J'ai deux filles qui font les chambres et le petit déjeuner. Mais c'est moi qui fais la cuisine ! Vous dînez ici ce soir ? J'ai prévu une moussaka.

– Volontiers, c'est parfait, dit la mère de Jess, qui d'habitude détestait la moussaka.

– Bon… Je vous laisse vous installer. Le dîner est servi à dix-neuf heures trente, ça vous va ? Voici votre clé. Et une clé de la maison, au cas où vous ayez envie d'aller faire un tour en ville ce soir.

Il partit en faisant un clin d'œil à sa mère. Au secours ! Juste au moment où Jess voulait que ses parents se réconcilient ! Pas question que Bernie s'en mêle. D'autant qu'il était assez fort pour tuer son père du petit doigt.

– Quel homme adorable ! s'exclama sa mère en sautillant près de la fenêtre. Et quelle belle vue !

« Ma mère s'emballe pour un rien, c'est terriblement gênant, reprit Jess dans sa lettre à Fred. Elle vient presque de se jeter au cou de l'Australien baraqué du B&B. Face à lui, mon pauvre père n'a aucune chance. Alors que j'ai tout organisé pour qu'ils tombent à nouveau amoureux l'un de l'autre ! Mais l'Australien va remporter le gros lot avec ses moussakas et sa carrure de joueur de rugby. J'ai peur qu'à mon réveil il ait peint ma mère en rouge pour qu'elle soit assortie à la chambre.

« Et voilà, d'ici quelques mois, je devrais supporter la naissance d'un demi-frère ou d'une demi-sœur rubiconde. Sauf si j'arrive à infliger à ma mère une ménopause prématurée. Tu as une solution ? Cherche sur Internet et envoie-moi un SMS avec tous les détails, s'il te plaît. »

– Maman, lança Jess. Est-ce que je peux aller acheter une recharge de téléphone ? J'aimerais bien avoir des nouvelles de Flora.

Sa mère donna dix livres à Jess, qui, l'instant d'après, arpentait la grande rue de Penzance.

« La ville est assez pittoresque, reprit-elle dans sa lettre secrète, il y a des escaliers partout. Si je pouvais être crédible comme héroïne de Jane Austen, je me précipiterais du haut des marches et je passerais plusieurs semaines romantiques entre la vie et la mort.

« Mais j'ai trouvé mieux pour me remonter le moral. Tu ne peux pas savoir combien c'est formidable de se sentir entourée de produits de consommation après avoir visité des cimetières sinistres et des ruines hantées. »

Jess s'engouffra dans une boutique pour acheter une carte de téléphone puis, une fois dehors, alluma son portable. Aussitôt, un message de Fred apparut. Elle sentit le rythme de son cœur s'accélérer. Elle n'avait eu aucune nouvelle de lui depuis cet affreux message sur Rosie.

Qui remontait déjà à plusieurs jours... D'abord, Jess n'avait pas répondu parce qu'elle était en colère. Puis elle était tombée à court de crédit. Deux fois. Qu'est-ce que Fred avait à dire pour sa défense ? Son message datait de plus de vingt-quatre heures.

JE ME MORFONDS DANS L'ATTENTE DE VOS NOUVELLES. EN VAIN. MADAME, JE ME MEURS.

Jess l'appela sur-le-champ, mais elle tomba sur la messagerie. Elle lui envoya un message.

DÉSOLÉE + DE CRÉDIT SUIS À PENZANCE. PRÈS DE SAINT-IVES. ÇA VA?

Elle réussit à s'abstenir d'une remarque assassine sur Rosie ou Flora et garda son téléphone à la main en espérant une réponse. Et pour patienter en attente de la vibration salvatrice, elle alla jeter un coup d'œil aux vitrines.

Elle trouva de très belles boutiques de vêtements et une librairie où elle resta une demi-heure. Puis, tout au bout de la rue, dans un petit centre commercial, elle dénicha un magasin Body Shop. Jess ne s'était pas shootée aux cosmétiques depuis Dorchester. Elle passa des heures à essayer les parfums.

Il existait des parfums au melon, à la noix de coco ou au raisin, mais pas au Fred. Sa peau avait une odeur unique, une odeur d'herbe chaude. À cette pensée, Jess se sentit défaillir. N'allait-il jamais lui répondre ?

Il avait dû éteindre son portable. Il lui répondrait bientôt. Jess devait faire preuve de patience. Elle eut l'idée d'envoyer un SMS à Flora. Qui pourrait peut-être l'éclairer sur la situation.

Mais l'après-midi se passa en silence. Il n'y eut de message ni de Flora ni de Fred. Jess tenta à nouveau d'appeler Fred. Messagerie. Comme Flora. Avec son esprit tourmenté, Jess imaginait déjà le pire.

Pour finir, elle laissa un message à Fred sur sa boîte vocale. « Parsons, dit-elle d'une voix qu'elle espérait ni trop triste ni trop furieuse. Ta mère m'a dit qu'en fait tu étais allé à Riverdene. Je voulais juste que tu saches que si c'est le cas, je te tuerai lors de notre prochaine rencontre avec l'arme de ton choix. Amuse-toi bien. Et je t'en supplie, donne-moi de tes nouvelles. »

22

– Bon, tout le monde est d'accord, aujourd'hui, nous allons à Mousehole, annonça la mère de Jess au petit déjeuner, avant de poursuivre presque dans un murmure : disperser les cendres de grand-père. Tu te sens prête, mamy ?

« Mais on s'en fout de comment se sent mamy, pensa Jess. La question, c'est comment moi je me sens ? » Elle avait passé la nuit à faire des cauchemars de jalousie sur Flora et Fred.

– Bien sûr, lança mamy en redressant le menton d'un air courageux. (Mais Jess remarqua que ses lèvres tremblaient.) Et toi, Madeleine ?

– Dans ce cas, sourire de rigueur ! décréta la mère de Jess.

Il en aurait fallu davantage à Jess pour avoir le moral. Au moins figer son sourire avec du ciment.

Bernie approcha de la table avec une légèreté incroyable pour un homme de sa corpulence.

– Vous n'avez pas aimé mes saucisses ! se

plaignit-il. Et vous n'avez pas touché au bacon, Madeleine !

– Nous sommes un peu tendues ce matin, avoua la mère de Jess.

« Ne lui dis pas, ne lui dis pas, pensa Jess de toutes ses forces. Je t'en supplie, maman, ne lui raconte pas cette histoire de cendres, d'urne et de grand-père ! »

– Le fait est, reprit sa mère, que nous avons une triste mission à accomplir aujourd'hui. Disperser les cendres de mon père dans la mer à Mousehole.

À cette annonce, Bernie fit une tête de vingt-quatre pieds de long et, à la table voisine, les gens s'éclipsèrent rapidement.

– Ah, en effet. Désolé, je l'ignorais, dit-il en se grattant la tête d'un air gêné. Eh bien, j'espère que ça va aller. Qu'est-ce qu'on peut dire d'autre en de pareilles circonstances ?

Certains passaient des vacances joyeuses au bord de la mer à bronzer au soleil et à faire du surf. Tandis que Jess, avec cette urne funéraire, commençait à craindre d'appartenir à la branche anglaise de la famille Addams. Quand elles se levèrent pour regagner leur chambre, on aurait dit qu'un sinistre brouillard s'était abattu sur elles.

Ce qui n'aurait pas été au goût de grand-père. C'était un être joyeux avec une grosse voix du Nord et d'immenses oreilles. Jess ressentit un coup dans la poitrine à l'idée qu'elle ne s'assiérait plus jamais sur ses genoux pour fouiller ses poches à la recherche de bonbons. D'autant qu'elle avait beaucoup grandi, et surtout grossi, et que si elle s'asseyait sur les genoux d'un vieillard aujourd'hui, elle lui fracturerait sans doute le fémur.

– Et pas de noir aujourd'hui ! vint lui souffler sa mère en passant la tête par la porte. Mets quelque chose de plus gai. On va fêter la vie de grand-père, pas pleurer sur sa mort. Je vais lire un poème que j'ai écrit sur lui.

– Oh non, maman, je t'en supplie, on a déjà assisté à ses funérailles, et tu as déjà lu un poème à cette occasion.

– J'en ai écrit un bien meilleur depuis, répondit sa mère d'un air un peu fuyant.

– Je ne crois pas que ce soit facile pour mamy que tu ressasses tout ça avec des poèmes, dit Jess. Et quand tu lis de la poésie, j'ai du mal à écouter. Ne m'en veux pas. Tes poèmes sont géniaux. Mais je préfère les lire dans ma tête.

– Ça ne sera pas long, promit sa mère. Il est très court. Dépêche-toi, on part dans cinq minutes.

Et elle disparut.

Jess soupira. Une journée pouvait-elle s'annoncer plus mal ? D'abord, la vision de Fred et Flora main dans la main à Riverdene. Puis les adieux à son grand-père. Et pour couronner le tout, sa mère décidée à tout poétiser. La journée était bien mal partie.

Il n'y avait que dix minutes entre Penzance et Mousehole. Elles prirent la route de la côte.

– Voici Newlyn, dit la mère de Jess alors qu'elles longeaient un quai où étaient amarrés plusieurs bateaux de pêche, célèbre pour ses sardines et son école de peinture de la fin du XIXe siècle.

Jess se promit de recycler sa mère en guide touristique puis de l'expédier avec un groupe de Japonais à qui elle pourrait enfin infliger son immense culture.

– Je me souviens que John et moi sommes venus prendre le thé à Newlyn un jour, dit mamy. L'endroit était sale et les scones dataient d'au moins trois jours.

Jess se rappela tout à coup la façon dont parlait son grand-père. Elle alla puiser sa grosse voix au fond d'elle-même.

– Je n'apprécie guère ces scones, Gertrude, tonitrua-t-elle depuis la banquette arrière. Le mien est dur comme de la pierre !

Sa grand-mère gloussa. Sa mère lui lança un regard désapprobateur dans le rétroviseur.

– C'est très bien imité, Jess ! s'écria sa mamy. Elle est vraiment douée, n'est-ce pas, Madeleine ? C'est dommage de ne pas exploiter un tel talent. Elle devrait faire du spectacle.

– Mamy, tu sais bien que je veux devenir comique, lança Jess.

– Eh bien, je crois que tu seras excellente, ma chérie. J'espère être encore en vie pour te voir un jour sur scène.

– Je vais vous déposer au centre de Mousehole, annonça la mère de Jess. Puis j'irai garer la voiture et je vous rejoindrai.

Mousehole était un petit village avec un port niché entre deux falaises, comme si des bras enserraient sa flottille de bateaux. La marée était basse, et les embarcations gisaient sur le flanc. Elles semblaient impatientes que la mer les remette à flot.

Jess et sa mamy descendirent devant le port, et sa mère partit. Elles s'assirent sur un banc.

– Zut, j'ai oublié l'urne, dit mamy.

– Ne t'inquiète pas, maman va l'apporter, j'en suis sûre, répondit Jess.

Il y eut un silence. Les mouettes volaient tout autour d'elles, espérant sans doute chaparder quelque nourriture d'un coup de bec.

Tout à coup, Jess se rendit compte que des larmes coulaient sur les joues de sa mamy. Elle pleurait sans bruit. C'était terrible. Cela dit, ça aurait été pire encore si elle s'était mise à hurler à la mort comme un rottweiler.

Jess passa le bras autour des épaules de sa grand-mère. Elle ne savait pas quoi dire. Elle espérait que sa mère arrive au plus vite.

Pourquoi une loi n'interdisait-elle pas aux grands-mères de pleurer en présence de leur petite-fille ? D'autant que sa mamy était d'habitude si enjouée et loufoque que c'était encore plus atroce de la voir les lèvres tremblantes et les yeux mouillés de larmes.

– Je suis désolée, ma chérie. Je crois que c'est ce qu'on appelle de nos jours « craquer ».

23

– Je pensais à Thomas Hardy, ma chérie, avoua mamy en se mouchant dans la manche de son pull. Tu sais, quand il a demandé qu'on lui prélève le cœur. Je regrette de ne pas avoir pris celui de grand-père. Comme ça, j'aurais pu garder un peu de lui une fois ses cendres dispersées.

Jess imagina Fred réduit en cendres et fondit en larmes. Une substance visqueuse se mit à couler de son nez. Comme elle n'avait pas de mouchoir non plus, elle s'essuya à son tour sur sa manche. Pas de doute, elle était plus amoureuse de Fred que jamais, même s'il était parti avec Flora, cette traîtresse au cœur de pierre.

– Ne sois pas triste, ma chérie. Je regrette de t'avoir mise dans cet état.

C'était affreux. Car au lieu de réconforter sa grand-mère, Jess ne faisait qu'aggraver la situation. D'instinct, elle puisa en elle la voix bourrue de son grand-père :

– Qu'est-ce que c'est que ces pleurs, Gertrude ? Arrête-moi tout de suite ces miaulements de chat ! (Sa grand-mère rit à travers ses larmes.) Allez, courage, ma fille ! Et ne t'avise pas de vouloir toucher à mes organes vitaux ! Garder mon cœur avec toi, quelle drôle d'idée ! Comme je te connais, tu l'oublierais sur le banc d'un parking et un chien errant viendrait me le dévorer !

Sa mamy partit dans un grand éclat de rire. Jess craignait d'être allée un peu trop loin, à tort, car sa grand-mère lui réclama :

– Encore, Jess, encore !

– Je ne parlerai plus, Gertrude, tant que je verrai de telles chutes du Niagara et que tu n'auras pas le nez repoudré ! reprit Jess avec la voix de son grand-père.

Sa mamy sortit aussitôt son poudrier pour réparer les dégâts. Et sécha ses larmes.

– Bon, où est-ce que tu veux qu'on jette tes cendres exactement, John ? demanda mamy comme s'il était réellement assis près d'elle.

– Mon désir le plus cher serait d'être répandu sur le terrain de Manchester United, dit son grand-père *via* Jess.

Sa grand-mère regarda Jess d'un air consterné.

– Je n'avais jamais pensé à ça ! souffla-t-elle, paniquée.

– Ne t'en fais pas, mamy, je n'ai dit ça que

parce que grand-père adorait le football, reprit Jess de sa voix normale. Si tu veux disperser ses cendres dans la mer, c'est le moment ou jamais.

Sa grand-mère regarda en direction de la falaise et secoua tristement la tête.

– Je me demande si c'est une bonne idée, finalement. Regarde, ma chérie, la marée est basse. On ne peut même pas approcher de l'eau. Et même si la marée était haute, que se passerait-il si quelqu'un nous voyait ? Ou s'il y avait une bourrasque de vent ? Je ne veux pas que grand-père tapisse les murs des maisons du port !

– C'est ton choix, mamy. Ton choix personnel. Si tu as besoin de temps, prends-le. Et si tu n'en as pas envie, tu n'es pas obligée de te séparer de ses cendres.

– Vraiment ? fit mamy, visiblement soulagée.

– Bien sûr que non, espèce de gourde ! reprit Jess de sa voix de grand-père.

– Dans ce cas, peut-être que je vais le garder avec moi pour toujours, dit mamy d'une voix plus affirmée.

Jess poussa un grand soupir de soulagement. Elle était à bout de forces. Comme c'était épuisant de remonter le moral des gens ! Comment faisaient donc les thérapeutes ? Et quand s'occuperait-on enfin d'elle ?

Sa mère arriva avec l'urne, l'air fatiguée.

– Je me suis presque garée dans le village

voisin, grogna-t-elle. Et encore, j'ai eu du mal à trouver une place.

– Ce n'est pas grave, ma chérie, dit mamy d'un air serein.

– Bon, on y va ? reprit sa mère. Cette urne est lourde. Où est la mer ?

– C'est marée basse, déclara mamy. Et j'ai décidé de ne pas disperser les cendres de grand-père dans la mer aujourd'hui.

– Quoi ? Mais j'ai tout préparé, mon poème et tout le reste ! C'est le moment que nous attendions depuis si longtemps !

– Ma chérie, trouvons-nous plutôt un salon de thé. Je rêve d'une tasse de thé accompagnée d'un petit gâteau.

Elles firent ensuite le tour de Mousehole, Jess et sa mère se relayant pour porter l'urne. C'était un peu étrange de promener son grand-père en cendres. Mais s'il avait pu savoir ça, il aurait été ravi. Jess l'entendait presque dire : « Jessica, on rentre maintenant. Il y a un match de foot à deux heures et demie. »

Les ruelles de Mousehole étaient un véritable labyrinthe au milieu de vieilles demeures. Au cœur du village se dressait un jardin entouré d'un haut mur où des bananiers pointaient leurs grandes feuilles vers le ciel.

– Des bananiers ! s'exclama la mère de Jess. Comme c'est exotique ! On se croirait à Tanger !

Jess ignorait où se trouvait Tanger. Mais elle

avait déjà appris assez de choses comme ça pour la matinée. Elle s'étonnait toujours de la fascination de sa mère pour les plantes. Cela dit, elle la sentait plus détendue. Et elle avait la ferme intention de s'épancher sur son épaule dès qu'elle en aurait l'occasion. C'était mieux que de pleurer sur l'épaule d'une mère déprimée.

Évidemment, Jess ne ferait nulle mention de Fred. Mais elle pouvait espérer obtenir un câlin de sa mère, ce qui lui apporterait un peu de réconfort. Elle se contenterait de dire qu'elle se sentait triste. Sans entrer dans les détails. Avec l'histoire des cendres de grand-père, elle avait de bonnes raisons.

Elles déjeunèrent toutes trois à Mousehole dans un excellent *Fish and Chips* et regagnèrent Penzance au milieu de l'après-midi. Sa mamy alla faire une sieste et sa mère annonça qu'elle allait jeter un coup d'œil au parc voisin.

– Tu veux m'accompagner, Jess ? demanda-t-elle sans conviction.

– D'accord, répondit Jess, pourtant trop grande pour les balançoires et trop jeune pour les plantes.

Sa mère eut l'air surprise, mais accepta sa compagnie, et elles partirent bras dessus bras dessous vers le parc, qui n'était qu'à deux minutes du B&B.

Il y avait des fleurs et des palmiers partout, et Jess sentit sa mère se relaxer à cette vue. Elles s'assirent sur un banc à l'ombre. « C'est le moment », se dit Jess. Mais à l'instant où elle allait dire combien elle se sentait triste et placer sa tête sur l'épaule de sa mère, cette dernière déclara :

– J'ai réfléchi, murmura-t-elle en serrant la main de Jess jusqu'à lui donner l'impression que son sang n'y circulerait plus jamais. Ce n'est pas honnête de ma part de te cacher les raisons de ma séparation d'avec ton père, mais je crois que c'est un sujet qui m'a toujours gênée.

– Tu n'as pas besoin de m'en parler maintenant, maman, répondit Jess, terrorisée à l'idée de devoir supporter une nouvelle tragédie dans la même journée.

– Non, non, j'en suis capable. Cela fait si longtemps que tu me poses la question. En fait, nous ne sommes restés mariés que deux ans. Et en réalité, il n'a jamais vraiment voulu m'épouser. Il est devenu de plus en plus froid et distant et, quelques mois après ta naissance, il est parti. J'imagine que…

Elle marqua une pause et, à sa grande horreur, Jess se rendit compte que sa mère retenait ses larmes. Tout mais pas ça !

24

La mère de Jess sortit son mouchoir, fit une pause puis reprit le récit de l'échec de son mariage.

– Je pense que ton père est parti parce que… tout simplement parce que je ne l'attirais plus.

Jess eut un geste de recul. Depuis des années, elle demandait à sa mère pourquoi ses parents s'étaient séparés, mais ce jour-là, c'était la dernière chose dont elle voulait entendre parler. Elle n'était pas encore remise du déluge d'émotions avec sa mamy. Elle décida de mettre fin à cette scène avant que sa mère s'enlise dans le chagrin.

Seule solution : l'effronterie. Jess devait faire preuve de courage, mais si elle réussissait sa pirouette, ça pouvait marcher.

– Qu'est-ce qu'il y a d'étonnant à ça ? lança-t-elle. Quel homme supporterait ton nez en trompe d'éléphant, maman ? (En réalité, sa mère avait un très joli petit nez.) Et tes dents vertes où vivent un nombre incalculable de petits mollusques ? (La mère de Jess se brossait les dents trois fois par jour.)

Un instant, sa mère n'eut pas l'air contente que son quart d'heure tragique vire à la comédie, puis le coin de ses lèvres commença à remonter en direction d'un sourire. Jess reprit :

– Et puis, maman, les hommes aiment bien que leur femme ait des cheveux, pas un crâne chauve couvert de tatouages comme le tien.

Sa mère sourit. Jess était bien décidée à poursuivre. Mais c'était plus dur qu'avec sa mamy.

– Je suis sûre que papa aurait été heureux avec une femme qui aime passer la soirée à jardiner ou à lire. (Les activités favorites de sa mère.) Mais vu tes beuveries quotidiennes, tes jurons, tes bagarres avec les policiers et tes blagues consistant à mettre des frites dans les boîtes aux lettres, il ne faut pas s'étonner que ton mariage ait pris fin !

La mère de Jess éclata de rire. « Gagné ! » pensa Jess. Elle passa le reste de l'après-midi à répéter à sa mère qu'elle était la femme la plus séduisante de toutes les célibataires de Cornouailles. Si Lawrence d'Arabie l'avait rencontrée, il aurait viré sa cuti. Si Thomas Hardy l'avait connue, il lui aurait offert son cœur, peut-être même cuisiné en tourte avec une salade. Si Shakespeare l'avait découverte, il n'aurait pas écrit *Hamlet*, roi du Danemark. Il aurait écrit *Madeleine*, reine de Penzance.

Sa mère finit par oublier sa dévalorisation permanente et accepta d'aller manger une glace en admirant les lilas.

– Merci de m'avoir remonté le moral, ma chérie, dit-elle en léchant son cornet aux fruits de la Passion. Tu es la meilleure fille dont on puisse rêver.

Jess était soulagée, mais épuisée. Du coup, elle fila dans sa chambre juste après le dîner.

Bien décidée à passer quelques heures au lit à se torturer au sujet de Fred et Flora. Elle avait été tellement préoccupée par les malheurs des autres qu'elle n'avait pas eu le temps de se lamenter sur les siens.

Peut-être devrait-elle renoncer à tout espoir de bonheur sur terre. Peut-être devrait-elle renoncer à toutes ses possessions et devenir bouddhiste. Voilà la solution.

Tout à coup, son portable vibra sur la table de nuit. Jess se jeta dessus. Un SMS de Fred.

HORREUR ! PERDU PORT TOUTE LA JOURNÉE. RETROUVÉ DANS UNE CHAUSSETTE. ME PARDONNERAS-TU JAMAIS ?

Jess envoya aussitôt une réponse.

TROP OCCUPÉ À FLIRTER AVEC FLORA OUI !

Jess eut une réponse dans la seconde.

QUOI ??? FLORA ??? CETTE IDIOTE ? PAS VUE DEPUIS DES SEMAINES.

VRAIMENT ? répondit Jess. ELLE EST À RIVERDENE, COMME TOI. JE CROYAIS QU'ELLE ÉTAIT PARTIE AVEC TOI.

Il y eut un bref silence consterné. Puis une réponse arriva.

PAS VU FLORA ET PAS ARRÊTÉ DE PENSER À TOI. MÊME EN MANGEANT.

C ÇA, fit Jess.

C ÇA QUOI ? JE ME MEURS DE JALOUSIE, MOI, MADAME. TU AS INTÉRÊT À NE PAS POSER LES YEUX SUR UN MAÎTRE NAGEUR NI MÊME UN CORMORAN.

À cet instant, pour une raison inconnue, Fred cessa de répondre. Mais Jess était rassurée. Tout à coup, son téléphone vibra encore et un autre SMS arriva. De son père.

TA MÈRE DIT QUE VOUS ARRIVEZ APRÈS-DEMAIN. JE MEURS D'IMPATIENCE ! G DES NACHOS ET PEUX T'OFFRIR MA MOUETTE EN LOCATION. ÇA IRA ?

MOI AUSSI TRÈS IMPATIENTE, répondit Jess. MAIS MOUETTE PAS TERRIBLE. PERROQUET PLUTÔT ? COMME ACCESSOIRE DE MODE.

Jess se sentait désormais assez détendue pour s'endormir au lieu de passer des heures à se morfondre avec d'affreuses visions de Fred et de Flora en lune de miel sur une île déserte. Ce n'était pas une journée paisible qui s'achevait, mais ça allait dans le bon sens.

– J'aimerais bien passer un moment toute seule aujourd'hui, déclara mamy au petit déjeuner. J'ai besoin de réfléchir un peu.

Comme, par ailleurs, mamy n'avait pas l'air abattue, la mère de Jess accepta sans discuter. Jess annonça alors :

– J'ai reçu un SMS de papa hier soir. Il dit qu'on y va demain. C'est vrai ?

– Oui, je lui ai dit de se préparer à nous recevoir. J'aimerais bien aller visiter un parc aujourd'hui. Cela t'amuse de m'accompagner, Jess ? Il y aura des serres tropicales et autres merveilles.

À cette pensée, les yeux de sa mère se mirent à briller.

– Non merci, répondit Jess horrifiée. Je préfère rester à Penzance. Je vais passer la journée à faire du shopping. Et peut-être que j'irai au musée aussi, ajouta-t-elle pour rassurer sa mère.

Mais celle-ci ne fit pas la moindre objection. Elle semblait ravie de s'évader.

Jess passa d'abord deux heures dans les

magasins de vêtements, de chaussures et de musique. Puis elle remonta la grande rue et trouva une boutique de bougies qui proposait plus de cinq cents variétés parfumées. Jess en huma deux cent soixante-sept puis, son nez commençant à fatiguer, elle ressortit.

Un peu plus loin, il y avait un bus à l'arrêt où montaient des gens. Jess vit le panneau Saint-Ives collé au pare-brise. La ville de son père ! Elle eut un coup au cœur. Elle savait que sa mère avait promis qu'elles iraient le lendemain, mais tout à coup, Jess eut une autre idée. Elle allait lui faire une surprise !

25

Le ticket n'était pas cher, Saint-Ives ne devait donc pas se trouver très loin. Le bus quitta Penzance, traversa la campagne puis descendit une route où des panneaux indiquaient la direction de Saint-Ives. Dans un virage, Jess vit la mer scintiller, puis le bus plongea dans une rue en pente et s'arrêta. Tout le monde descendit. Jess comprit qu'elle n'avait pas le choix.

– On est à Saint-Ives ? demanda-t-elle un peu bêtement au chauffeur.

– Bien sûr, mademoiselle ! répondit-il dans un étrange accent à la fois campagnard, pirate et cow-boy.

Jess descendit du bus. Elle ignorait totalement où se trouvait la maison de son père. Des gens faisaient la queue pour prendre le bus qui repartait en sens inverse. Jess s'avança vers une femme plus très jeune chaussée de lunettes. Sa mère lui disait depuis qu'elle était petite : « Si tu dois t'adresser à un étranger, choisis toujours une femme. »

En réalité, Jess s'était toujours arrangée pour

demander son chemin à la personne qui ressemblait le plus à sa mère. Ce qui était stupide, puisque sa mère n'avait aucun sens de l'orientation.

Peut-être que cette femme était une tueuse en série. Elle pouvait très bien entraîner Jess derrière chez elle pour la réduire en charpie. Mais au moindre signe de kidnapping, Jess était prête à lui arracher ses lunettes pour les piétiner. De toute façon, on ne pouvait pas réaliser un enlèvement à bord d'un bus.

– Excusez-moi, demanda-t-elle. Pourriez-vous me dire où se trouve la Résidence de la Vieille Sardine ?

La femme fronça les sourcils en secouant la tête.

– Je ne sais pas, ma petite. Dans Down Along, j'imagine.

– Et où se trouve Down Along ? s'enquit Jess.

– De l'autre côté du port.

– Excusez-moi, mais où est le port ?

– Descends cette rue, tourne à gauche, puis à droite, longe l'église sur la gauche, et tu atteindras le poste de secours. Puis il te suffira de suivre le quai. Et tu arriveras à Down Along.

– Merci ! lança Jess.

La femme la regarda bizarrement, comme si, l'espace d'une seconde, elle se demandait quel goût auraient les fesses de Jess grillées avec du romarin et de l'ail. Puis elle eut l'air trop fatiguée pour réaliser un kidnapping et monta dans le bus.

Jess suivit ses instructions et, quelques secondes plus tard, elle atteignait le poste de secours. Un canot de sauvetage orange vif avait été hissé sur le quai, et des sauveteurs rangeaient des cordes ainsi que du matériel.

Le port en courbe était entouré de vieilles maisons qui abritaient des magasins et des cafés scintillant au soleil. C'était marée basse : tous les bateaux étaient couchés au fond du port. Des enfants et des chiens couraient sur le quai. Des vieillards se prélassaient au soleil les yeux fermés tandis que des jeunes mangeaient des tourtes qui semblaient délicieuses.

Une tourte de Cornouailles! Le ventre de Jess se mit à crier famine. Elle entra chez un traiteur. Elle ne voulait pas arriver chez son père mourante de faim. Ça ne se faisait pas de surgir à l'improviste et de réclamer aussitôt à manger.

Sa mère lui ayant donné dix livres ce matin-là, elle pouvait se payer un petit encas. Elle opta pour une tourte au fromage et à l'oignon avec un Coca et s'installa au bord du quai. Les mouettes piaillaient au-dessus de sa tête, certaines piquant vers elle pour mieux observer sa tourte d'un air jaloux.

Jess avait lu sur un panneau qu'il ne fallait pas nourrir les mouettes. Alors elle cacha sa tourte sous sa veste en leur déclarant qu'il valait mieux ne pas rêver. Elle profita pleinement de son pique-nique solitaire au soleil. De la musique s'échappait d'une fenêtre ouverte. Des gens riaient. L'endroit était décidément très agréable.

Elle termina sa tourte et décida de se mettre en quête de la maison de son père.

– Excusez-moi, demanda-t-elle à un vieux couple assis sur un banc. Savez-vous où se trouve la Résidence de la Vieille Sardine ?

Les deux personnes âgées la regardèrent d'un air ahuri. Ils avaient le visage aussi ridé qu'un parchemin.

– Désolés, ma petite, nous sommes en vacances ici.

– Est-ce un restaurant ? s'enquit l'homme.

– Non, répondit Jess. C'est là où habite mon père. C'est le nom de sa maison.

Les gens eurent l'air un peu surpris. Ils trouvaient apparemment bizarre que Jess ne sache pas où habitait son père.

– Mes parents sont divorcés, expliqua Jess d'un air embarrassé. Je lui fais une visite surprise, mais c'est la première fois que je viens ici.

C'était vraiment n'importe quoi. Jess voulait juste demander son chemin, et voilà qu'elle finissait par raconter sa vie.

– Mais il n'y a rien de grave à ça, ma chérie,

dit la vieille dame. Nous aussi, nous sommes divorcés.

C'était maintenant au tour de Jess d'avoir l'air ébahie.

– Vous êtes divorcés ? répéta-t-elle sur un ton incrédule.

Ils n'avaient pas l'air très divorcés, tous les deux blottis l'un contre l'autre comme deux chats sur leur banc au soleil.

– Nous sommes divorcés d'autres personnes, reprit la femme. Jim est divorcé de Joan et je suis divorcée de Harry.

Cette conversation un peu étrange se révélait en fait très sympathique.

– Il y a beaucoup de gens divorcés de nos jours, dit Jess. En fait, quand je serai grande, je divorcerai sans même prendre la peine de me marier.

Elle trouva sa blague excellente, mais ses interlocuteurs n'eurent pas l'air de comprendre. Comique, c'était un métier plus dur qu'on l'imaginait.

– Et si tu allais demander ton chemin à l'office de tourisme ? proposa le monsieur. En général, ils sont très au courant.

– Bonne idée ! s'exclama Jess. Où est-ce ?

Jess dénicha enfin l'office de tourisme dans une ruelle où une gentille dame lui donna un plan de la ville sur lequel elle coloria en vert l'adresse de son père. C'était une rue avec des pavés très anciens. On apercevait la mer entre les maisons. Tous les perrons débordaient de fleurs et quelques palmiers agitaient leurs palmes dans la brise.

« Résidence de la Vieille Sardine ». Tout à coup, Jess aperçut la pancarte peinte à la main. Son cœur se mit à battre à tout rompre. Elle n'avait pas vu son père depuis des mois. Depuis Pâques, quand il lui avait rendu visite. Sa maison ressemblait à une vieille écurie avec, à l'entrée, une cloche de navire. À laquelle était suspendue une corde. Jess hésita à tirer dessus, de crainte que la cloche ne résonne dans toute la rue.

Il y avait aussi un gros heurtoir en cuivre en forme d'ananas. Jess eut également peur de s'en servir. De toute évidence, ça allait faire un bruit terrible. Alors elle frappa directement à la porte. Et attendit. Pas de réponse. Elle frappa à nouveau, si fort qu'elle se fit mal à la main. Aucune réponse. Et si son père était absent ? Jess se sentit envahie par le désespoir. Son aventure tournait mal.

Le moment était venu d'actionner la cloche. Peut-être que son père ne l'avait pas entendue frapper. Jess tira sur la corde. Un carillon assourdissant retentit dans la rue. Elle recula en rougissant. Mais au fond de la maison, elle entendit du bruit. Quelques instants plus tard, une fenêtre de l'étage s'ouvrait et son père apparaissait.

26

– Jess ! s'écria-t-il. (Il devint écarlate. Son idiot de père n'était vraiment pas doué pour les relations humaines... Mais c'était le meilleur père au monde, et Jess lui aurait tout pardonné.) Mais je t'attendais demain ! s'exclama-t-il. Une seconde, j'arrive.

Il referma la fenêtre et disparut. Jess attendit en jetant quelques coups d'œil dans la rue pour voir si quelqu'un avait assisté à leurs retrouvailles. Mais il n'y avait absolument personne. C'était donc ça, la maison de son père. Elle était splendide. Jess était très impatiente de la visiter.

Quelques minutes plus tard, la porte s'ouvrit et son père apparut avec ses drôles de cheveux couleur paille tout décoiffés. Le cœur de Jess déborda d'amour.

– Papa ! cria-t-elle en se blottissant dans ses bras. Fais-moi un gros câlin, murmura-t-elle dans son pull.

Elle demandait toujours ça quand elle était petite. Son père était chaud et rassurant. Et il faisait de délicieux câlins.

– Alors, dit son père après leur étreinte, tu m'as l'air en pleine forme. Tu ressembles presque à un humain ! Où est ta mère ? demanda-t-il en observant la rue comme s'il s'attendait à ce qu'elle surgisse de derrière le muret du jardin voisin.

– Maman ne sait pas que je suis ici, expliqua Jess. J'ai pris le bus de Penzance. On loge là-bas. Elle a dit qu'on viendrait te voir demain, mais je n'en pouvais plus d'attendre.

Elle fit un grand sourire, auquel son père répondit par un sourire nerveux.

– Bon, eh bien… dit-il, avec une pointe d'anxiété. On ferait bien de l'appeler pour lui dire que tu vas bien.

– Alors entrons ! dit Jess en jetant un coup d'œil par-dessus l'épaule de son père. (Elle aperçut un vase de fleurs.) Je meurs d'envie de voir ta maison !

Tout à coup, très bizarrement, son père pâlit et referma la porte derrière lui. Pendant une seconde, il eut même l'air totalement paniqué.

– Pour tout te dire, j'allais juste sortir… faire des courses. Et manger un *Fish and Chips* pour le déjeuner. Il y en a un excellent au bout de la rue. Viens, on y va !

– Papa, je ne pourrais pas jeter un coup d'œil à ta maison, d'abord ? En plus, je viens de manger une énorme tourte !

– À notre retour, dit son père en lui passant le bras autour des épaules et en l'entraînant dans la rue. Tu n'as peut-être pas faim, mais moi si ! Avant tout, cela dit, il faut qu'on appelle ta mère.

Alors qu'ils marchaient dans la rue, son père sortit son portable et composa le numéro de la mère de Jess.

– Leine ? dit-il. (Il l'appelait parfois comme ça. C'était le diminutif de Madeleine, et ça lui allait assez bien.) Devine quoi. Notre impulsive de fille vient de sonner à ma porte. Non, non, tout va bien, il n'y a aucun problème. D'accord. Eh bien, si l'occasion se présente... D'accord, je t'embrasse.

– Si quelle occasion se présente ? demanda Jess.

– C'est un secret. Tu verras.

– Maman n'a pas râlé de me savoir ici ?

– D'abord je l'ai sentie un peu énervée, mais elle s'est calmée très vite. Sans doute parce qu'elle était au milieu de plantes.

– Maman pourrait démissionner de la bibliothèque pour travailler dans un jardin.

Ils descendirent une petite rue en direction du port où ils achetèrent un *Fish and Chips*, et son père parut enfin se détendre.

Mais Jess demeurait sur ses gardes. Son père avait été si étrange sur le seuil de sa porte. Comme s'il y avait quelque chose ou quelqu'un dont il avait honte. Était-ce en rapport avec ce fameux secret ?

– Allons à Porthmeor. C'est la plage de surf.

Tu vas adorer, dit son père en glissant ses frites sous son pull pour les garder au chaud.

– Papa, tu es fou ! Ton pull va sentir la friture ! En plus, on dirait que tu es enceinte, ce qui, soyons honnête, n'est pas fréquent chez un homme.

En disant ça, une atroce idée vint à l'esprit de Jess. Peut-être que son père attendait vraiment un bébé ! Avec une autre femme ! Ou pire, peut-être qu'il avait déjà un autre enfant !

Jess et son père marchaient côte à côte. Il lui parlait de la galerie où il exposait ses peintures, mais elle n'écoutait pas. Son esprit tournait à toute allure. Qui y avait-il donc dans cette maison ?

Jess eut tout à coup une vision cauchemardesque. Elle imagina la femme qui avait pris la place de sa mère : plus jeune, bien sûr. Aucun homme n'échangeait son épouse pour une femme plus âgée. Son père avait beau ne pas être doué, Jess ne le voyait pas avec une vieille mégère.

Sa nouvelle femme était donc jolie, avec des boucles blondes et des traits fins, bien qu'elle eût accouché peu de temps auparavant. Et s'il avait eu des jumeaux ? Il y avait peut-être deux bébés vagissants à la Résidence de la Vieille Sardine. Quoique Jess n'eût pas entendu le moindre bruit quand elle avait sonné. Peut-être que la nouvelle femme de son père était sortie. Pour une visite à la clinique de la stérilité, fallait-il espérer.

Ils prirent une petite rue et, tout à coup, une grande plage apparut devant eux. De grosses vagues s'abattaient sur le sable, et des gens en combinaison de plongée faisaient des acrobaties sur leur planche avant de disparaître dans l'écume.

– Je vais manger mes frites ici, dit son père en s'asseyant sur la plage.

Il les sortit de son pull, les déballa et en offrit à Jess.

– Désolée, papa, mais je suis incapable d'avaler quoi que ce soit.

Jess se sentait un peu bizarre, pourtant ce n'était pas lié à la tourte. Elle se sentait malade à l'idée que son père ait une nouvelle famille mais qu'il ne lui en ait pas parlé.

Bien évidemment, il préférerait sa nouvelle famille. Un bébé, c'était toujours adorable, même quand ça faisait caca, quand ça bavait, rotait et pleurait toute la nuit. La vie était vraiment injuste. Si Jess s'était tout à coup mise à faire ça…

Son père mangea ses frites en regardant les surfeurs. Tout à coup, Jess remarqua l'anneau qu'il avait au doigt. Elle ne l'avait encore jamais vu. C'était un anneau en argent, mais son père le portait à l'annulaire gauche. Serait-ce une nouvelle bague offerte par sa femme ? Était-il en train de regarder les vagues en silence parce qu'il n'osait pas annoncer la nouvelle à sa fille ?

« Bon, se dit Jess. Une fois de plus, je vais devoir aider mes incapables de parents. »

– Je suis vraiment heureuse de te revoir, papa, dit-elle en souriant.

– Moi aussi, espèce de drôle de petit poisson, dit-il en lui passant un bras autour des épaules pour la serrer fort.

– Certaines de mes amies ne voient jamais leur père, reprit Jess. Eleanor, par exemple. (Eleanor était issue de l'imagination de Jess, qui venait tout simplement de penser à Dame Eleanor du château de Berry Pomeroy.) Son père est parti vivre à Los Angeles. Il a épousé une femme très jeune et ils ont deux bébés. Qu'ils ont appelés Carlo et, j'ai oublié l'autre, ah oui, Bonzo.

– On dirait un nom de singe, lança son père en terminant son *Fish and Chips*.

Oups ! Jess s'en voulut d'inventer des noms si loufoques.

– Oui, mais de toute façon, Eleanor ne voit pas souvent son père, il habite si loin.

– Quelle erreur ai-je commise ! s'exclama le père de Jess. J'aurais dû m'échapper en Californie ! Je n'y avais pas pensé.

Jess se dit que son père n'était pas prêt à entendre son discours sur les familles recomposées, mais elle persista.

– Elle va voir son père une fois par an. Et elle s'entend très bien avec sa belle-mère. Elle adore les bébés.

– Regarde, un cormoran ! s'écria son père en montrant un grand oiseau noir au long cou perché sur un rocher au loin. Il déploie ses ailes pour les faire sécher au soleil.

Jess soupira. Son père adorait les oiseaux. Peut-être que, dans la maison, elle découvrirait une maman cygne en train de nicher dans le salon et que son père lui présenterait ses deux demi-frères cygnes.

– Plus d'oiseaux, papa, je t'en supplie ! Toi et maman, vous essayez toujours de me faire aimer la nature ! Allez, viens, on retourne chez toi. Je meurs d'envie de voir ta maison. Et j'ai besoin de téléphoner. Et aussi de recharger mon portable. Cela ne te dérange pas ?

Le portable de Jess n'avait nul besoin d'électricité. Mais elle voulait absolument rentrer. Elle n'avait aucune envie de regarder les surfeurs et les oiseaux.

Son père eut l'air à nouveau soucieux. Il se gratta la tête, jeta un coup d'œil à sa montre, se frotta la joue gauche et remonta son col en disant :

– D'accord, on regarde encore quelques vagues et on y va.

Son changement d'humeur était visible. Ça cachait quelque chose.

27

Jess fit une dernière tentative. S'ils arrivaient à aborder ouvertement le sujet, son père se sentirait sans doute soulagé.

– Dans ma classe, il y a beaucoup d'élèves comme moi, dont les parents sont divorcés, reprit-elle.

– Eh bien, je suis ravi d'apprendre qu'on est dans l'air du temps, dit-il avec la même désinvolture.

Mais il avait beau faire des blagues, il restait tout aussi tendu.

– Ça a aussi ses avantages, lança-t-elle. Surtout quand les parents sont remariés. Ou qu'ils rencontrent quelqu'un. Déjà, on a deux fois plus de cadeaux à Noël. Et deux chambres, aussi. La séparation des parents ne pose en général aucun problème. Du moment qu'ils ne se disputent pas. Et quand la mère ou le père trouve quelqu'un, ça peut faciliter beaucoup de choses.

Son père l'observa attentivement. Jess aperçut

les nuages et la mer qui se reflétaient dans ses yeux mais, derrière le reflet, elle vit enfin apparaître une lueur de compréhension.

– Jess, serais-tu en train de vouloir me dire quelque chose ?

– Peut-être, reconnut-elle.

Elle attendit. Son père semblait pensif. Il allait tout avouer d'un instant à l'autre. Admettre qu'il avait dans sa vie une superbe blonde en planque à la Résidence de la Vieille Sardine, et peut-être un bébé, voire deux.

– Dans ce cas, je suis ravi pour elle, dit-il. Qui est-ce ?

L'esprit de Jess s'emballa.

– De quoi tu parles ?

– Tu es bien en train de me dire que ta mère a un homme dans sa vie, non ?

– Mais pas du tout ! J'essayais de découvrir si toi, tu avais une nouvelle femme !

Son père eut l'air ahuri, puis éclata de rire.

– Du calme, petit calamar ! dit-il en lui ébouriffant les cheveux. Il n'y a aucune femme dans ma vie ! Je me réserve pour Madonna !

Ils revinrent à la Vieille Sardine main dans la main. Jess était soulagée de savoir que la maison de son père n'abritait pas une reine de beauté, ou pire, un insupportable bébé prêt à la supplanter dans le cœur de leur père commun.

– Tu penses que ta mère rencontrera un jour un autre homme ? demanda son père.

Intéressant, comme question. Encourageant, même. Peut-être était-ce le début de l'amorce d'une réconciliation.

– Je ne crois pas. Je crois que maman ne s'est toujours pas remise de votre séparation.

Jess scruta le visage de son père. Qui tout à coup eut l'air paniqué. Voire dégoûté.

– Oh non, ne me dis pas ça. Je me sens tellement coupable.

– C'est donc bien toi qui es parti, demanda Jess.

– Je crois que je devrais laisser ta mère te raconter ce qui s'est passé.

– Je voulais avoir ta version.

Son père lui fit un sourire inquiet.

– Je te promets de te donner ma version, mais pas tout de suite. Il va me falloir du temps pour inventer des excuses valables.

– D'accord, sourit Jess. Mais je suis vraiment impatiente de voir ta maison. Je pourrai prendre une douche ou un bain, papa ?

– Bien sûr.

Ils se trouvaient désormais sur le seuil. Quand son père sortit ses clés, Jess se rendit compte que ses mains tremblaient. Mais peut-être que c'était toujours le cas. Son père ouvrit la porte et fit passer Jess en premier. En entrant, la première chose qu'elle vit fut l'immense bouquet de fleurs sur une table.

Tout à coup, elle entendit des pas. Il y avait

donc bien quelqu'un ! Jess s'arma de courage. Une silhouette apparut au fond du couloir. Un homme. Petit, musclé, avec des cheveux noirs bouclés et des yeux bleus.

– Phil ! dit son père. Je croyais que tu étais sorti. Je te présente ma fille, Jess. Jess, je te présente Phil. Il habite ici en ce moment. Il s'est disputé avec sa copine, et elle l'a mis à la porte.

Phil s'avança vers Jess en souriant et lui serra la main.

– Bonjour, Jess ! J'ai beaucoup entendu parler de toi.

Il avait la main chaude et un grand sourire chaleureux.

– Désolée pour… la séparation, dit Jess d'un air gêné.

– Oh, ce n'est rien, dit Phil. C'est vraiment la meilleure chose qui ait pu nous arriver. J'ai découvert qu'elle voyait un autre type en douce. Un body-builder.

– Inutile d'entrer dans les détails, dit nerveusement le père de Jess.

Il y eut quelques secondes de silence gêné.

– Bon, je sors faire des courses. Je vais chercher quelque chose de bon à manger, lança Phil à Jess avec un grand sourire.

Jess le trouvait très agréable. Elle aurait préféré qu'il n'y ait personne, mais la présence de Phil aidait certainement son père à supporter la solitude.

– Merci, dit le père de Jess. Viens visiter mon atelier, Jess.

Il l'entraîna à l'étage dans une pièce avec une haute charpente illuminée par des Velux. Il y avait des toiles dans tous les coins, et un tableau sur un chevalet. La dernière fois que Jess avait vu une peinture de son père, quelques années plus tôt, il peignait la campagne et la mer en bleu, gris et blanc, éventuellement avec un poisson ou un oiseau mort.

Jess en crut à peine ses yeux. Les tableaux de son père étaient devenus un festival de couleurs : feux d'artifice, orchestres, clowns, tournesols et autres bijoux. Il y avait toujours des oiseaux, mais ils étaient devenus fantaisie : par exemple, des perroquets rouge et vert couvant des œufs bleu pâle. Il y avait toujours des poissons, mais ils n'étaient ni blancs ni décomposés. Il y avait aussi d'énormes créatures étranges venues des profondeurs, avec des couleurs, des antennes et de grandes bouches riantes maculées de rouge à lèvres.

– Ouah ! fit Jess. C'est incroyable !

– Ma peinture a beaucoup évolué depuis la dernière fois où tu l'as vue, reconnut son père.

– Évolué ? Mais c'est carrément une révolution, papa ! Qu'est-ce qui s'est passé ?

– Vivre ici m'a fait beaucoup de bien, dit son père. D'une certaine manière, je me suis... libéré.

– Ce qui signifie que tu ne te sentais pas libre avec maman et moi, dit Jess, qui éprouva tout à coup un sentiment de tristesse et de jalousie.

– Ce n'est pas ça, c'est que… tu vois, c'est comme si ta mère et moi n'appartenions pas à la même espèce. Comme si elle était un moineau et moi une tortue, ou quelque chose dans le genre.

– Tu te trompes ! protesta Jess. Tu es un héron, et maman un hérisson.

Ce qui était une façon plus rigolote de voir les choses.

– Mais tu me manques beaucoup, tu sais, tenta son père, et j'espère que quand tu seras plus grande, tu viendras vivre avec moi. Mais seulement quand tu seras riche et célèbre. J'attendrai que ma fille apparaisse dans *OK magazine* pour mourir !

– Je veux venir vivre ici tout de suite, oui ! rigola Jess.

Ce n'était qu'un rêve, bien sûr. Car Fred habitait près de chez elle, trois cents kilomètres plus loin. Mais peut-être qu'un jour…

– Bon, fit son père, comme perdu dans ses pensées. Tu m'as dit que tu devais passer un coup de fil.

– Oh oui, s'il te plaît !

Jess allait pouvoir appeler Fred depuis le téléphone fixe. Mais pouvait-elle parler de lui à son père ? Il valait mieux se montrer prudente. Parfois, son père était bizarre. Jess n'avait jamais abordé la question des petits copains avec lui, et n'avait aucune idée de sa réaction.

– J'aimerais téléphoner à Flora, dit Jess. Et à Frederika, si tu veux bien.

– Pas de problème. J'ai beaucoup entendu parler de Flora, mais qui est Frederika ?

– Une autre de mes amies. Je la connais depuis la garderie, mais on est amies depuis peu. Flora est jalouse, mais Frederika est trop géniale.

Il suffisait à Jess de faire comme si Fred était une fille.

La vie n'était décidément pas simple, ces derniers temps.

28

– Salut, Frederika ! dit Jess.

– Bonjour, miss Jordan ! Comment tu vas ?

– Très bien. Je suis à Saint-Ives chez mon père. Ma mère est partie visiter un jardin, et ma mamy voulait passer la journée seule. Je me promenais à Penzance quand j'ai vu un bus pour Saint-Ives, alors j'ai sauté dedans.

– Une vraie superwoman ! À côté de ça, je me sens le Bossu de Notre-Dame.

– À quoi ressemble Riverdene ?

– Bof… Six mille personnes qui font la queue pour trois toilettes…

– Mais je n'entends pas de musique.

– Ils font sans doute une pause, expliqua Fred d'un air vague.

– Alors comme ça, Flora a réussi à te suivre jusqu'à Riverdene ?

– Je ne l'ai pas vue, je te le jure. Si je te mens, je veux bien être transformé en canapé chez des obèses qui passent leur temps à manger des haricots en sauce devant la télé. (Jess éclata de rire.) Écoute, Jordan, tu peux me rappeler dans une demi-heure ? Je n'ai plus de…

– Et pourquoi tu ne peux pas me parler maintenant ? demanda Jess d'un air inquiet.

– Il y a…

Tout à coup, Jess n'entendait plus Fred.

– OK, je te rappelle plus tard !

Son père revint de la cuisine avec une assiette de nachos et du guacamole. Ainsi que deux Coca avec des glaçons.

– Ouah ! Tu bois du Coca ! Attention ! Maman dit que ça pourrit les dents !

– Elle a toujours été un peu extrémiste en ce qui concerne la santé, dit son père en posant l'assiette sur la table. On l'a été tous les deux, à vrai dire. C'est notre amour des graines de citrouille et des pois chiches qui nous a rapprochés. Et on s'est unis sur un tas d'humus.

– Et maintenant, tu manges n'importe quoi ? demanda Jess en engloutissant le premier de toute une série de nachos au guacamole.

– J'ai mes phases, répondit son père. Une semaine, c'est salade et fruits, la suivante Coca et cacahuètes. Comment va Frederika ? Parle-moi d'elle.

Jess faillit s'étouffer avec son guacamole.

– Elle est géniale. Elle est à Riverdene, Flora aussi. Je rêvais d'y aller, mais maman n'a pas voulu.

– À la place, elle t'a obligée à venir rendre visite à ton vieux père. Je me sens coupable !

– Arrête, mon révéré géniteur ! Tu n'as pas

remarqué que j'avais tellement envie de te voir que je suis arrivée un jour plus tôt ? (Son père lui fit un drôle de sourire.) Si ça avait dépendu de moi, papa, je serais arrivée la semaine dernière. Le mois dernier. L'année dernière.

– Mais tu m'as vu l'année dernière, dit son père. Quatre fois.

– Oui, mais pas ici.

Jess observa la grande pièce blanche, admira le canapé bleu, les vases et la lumière qui se déversait par les ouvertures creusées dans le toit.

– C'est génial ! Je vais vraiment venir vivre ici un de ces jours. Je peux dormir ici ce soir, papa ? S'il te plaît ! Le canapé m'ira très bien !

– Euh, pas de problème, dit son père. Tant que ta mère est d'accord. Mais Phil peut dormir sur le canapé, comme ça tu prendras la chambre d'amis. Je refuse que ma divine fille ne soit pas à son aise.

– D'accord, on appelle maman !

Le père de Jess hésita un instant, puis attrapa le téléphone et composa le numéro du portable de son ex-femme.

– Salut Madeleine, dit-il d'une voix très bizarre. C'est encore Tim. Notre vénérée fille voudrait rester dormir ici ce soir. Ça te va ? Je ne veux pas contrarier tes plans.

Jess observa son père pendant qu'il écoutait la réponse de sa mère. Longue, contrairement à d'habitude. Il fit plusieurs grimaces, un clin d'œil à Jess, quelques remarques polies, puis raccrocha.

– C'est bon, dit-il, même si elle prétend qu'elle risque d'avoir des problèmes avec un certain Bernie.

– C'est le propriétaire du B&B. Mais je suis sûre que maman saura l'amadouer.

– Génial ! Bon, allons chercher la chambre d'amis. Je crois que j'en ai une quelque part, mais je ne sais plus trop où.

Ils traversèrent un couloir blanc et entrèrent dans une petite pièce avec un futon et une commode blanche. La chambre donnait sur les toits, et on apercevait même la mer sur la droite, entre deux maisons.

– C'est adorable ! s'exclama Jess. Je veux venir vivre ici tout de suite ! Je ferai les courses et la cuisine. Ou plutôt, non, attends, j'ai une autre idée, c'est toi qui feras les courses et la cuisine. Moi, je m'entraînerai pour devenir surfeuse professionnelle.

– Il y a du boulot pour devenir surfeuse professionnelle, tu sais.

– Oh, j'adore Saint-Ives, fit Jess. Surf, peinture, *Fish and Chips*. Que souhaiter de plus ?

– À propos de peinture, retournons à mon atelier. J'ai une idée. (Ils reprirent le couloir.) Assieds-toi là, dit son père en montrant le vieux canapé couvert de châles. (Jess s'exécuta.)

Trouve-toi une position confortable, parce que je voudrais faire ton portrait, ce qui signifie que tu dois rester immobile pendant au moins une heure.

– Ouah ! s'exclama Jess. Faire mon portrait ? Trop cool ! Tout le monde va être jaloux au lycée !

– Tu n'as plus qu'à espérer que je ne fasse pas une caricature de toi, la prévint son père. Tu risquerais de te retrouver en chimpanzé.

– Si tu veux me caricaturer, c'est sûr que je vais me retrouver en chimpanzé ! dit joyeusement Jess. Mais je vais essayer de ressembler à Mona Lisa ! Elle est divine ! Si mon mystérieux sourire se met à couler comme du fromage, tu me préviens, d'accord ?

Jess croisa les bras en essayant d'exsuder le charme de la Renaissance.

Son père peignait la plupart du temps en silence. Quand ils ne parlaient pas, Jess écoutait le cri des mouettes et la mer dans le lointain. C'était merveilleux. Mais même dans son bonheur, elle n'oubliait pas de rappeler Fred à la première occasion.

Rester assise sans bouger paraissait facile *a priori*, mais Jess se sentit de plus en plus mal à l'aise.

– Au secours ! finit-elle par s'exclamer. Je ne peux plus tenir ! J'ai le dos en compote et ma tête va rouler sur la chaise !

– D'accord, détends-toi, dit son père.

Jess put enfin relâcher ses muscles avec un cri de soulagement, puis bâilla et s'étira comme un chat. L'instant d'après, elle bondissait vers le chevalet.

C'était génial ! Bon, d'accord, son père n'en était encore qu'au stade du croquis, et pourtant, avec la mer et les rochers dans le fond et Jess en premier plan, on pensait tout de suite à *La Joconde*. Et même si son père n'avait pas encore beaucoup travaillé les détails, il avait réussi à faire ressembler sa fille à Mona Lisa, tout en gardant les traits du visage de Jess.

– C'est vraiment moi ! Papa, tu es génial !

– Oui, j'aime bien ton air à la fois hautain et mécontent. Exactement comme ta mère.

– Mais je te ressemble aussi beaucoup !

– Je ne te le souhaite pas, pauvre de toi ! Tu as un héritage génétique déjà assez lourd comme ça avec ta mère ! dit son père en secouant la tête alors qu'il reprenait ses pinceaux.

– Non, c'est à toi que je ressemble, papa ! insista Jess. Dans ma tête ! (Elle passa les bras autour de son cou et se blottit contre lui.) Mais je devrais t'envoyer à l'école de l'affection, parce que ce n'est pas gentil de continuer à peindre quand quelqu'un se suspend à votre cou.

– Désolé, mon haricot vert, dit son père en repoussant ses pinceaux et passant les bras autour du cou de sa fille.

29

Tout à coup, un étrange bruit retentit.

– Qu'est-ce que c'est ? s'inquiéta son père. On dirait un bourdon.

– Non, c'est mon portable ! dit Jess en le sortant de sa poche.

– Je croyais qu'il était déchargé.

– C'est curieux, hein ? Ça ne fait pas longtemps que je l'ai, et il réagit parfois bizarrement. Excuse-moi, papa !

Jess courut à l'autre bout de l'atelier. Son père sourit et fit mine de préparer du thé. Puis disparut dans l'escalier.

– Salut ! fit Fred. Attention, je suis l'Ange du Seigneur, tout du moins une version bas de gamme, il n'y avait plus que ça en rayon.

– Frederika ! dit Jess.

Même si son père n'entendait pas, Jess préférait continuer à appeler Fred comme ça.

– Et pourquoi tu me donnes ce nom aujourd'hui ?

– Parce que j'ai raconté à mon père que tu

étais une de mes meilleures amies, expliqua Jess à voix basse.

Elle craignait malgré tout que son père entende.

– Mais pourquoi ?

– Des chatons ! Comme c'est mignon ! Je suis si jalouse ! dit Jess, craignant cette fois vraiment d'être à portée d'oreille de son père.

– Ce qui signifie que tu ne lui as pas parlé de moi, hein ? Avec mon atroce apparence masculine. Pas plus qu'à ta mère. Tu as honte de moi ?

– Quoi, encore des nouvelles chaussures ! Frederika, tu dévalises tous les magasins d'Angleterre ! Mais essaie de ne pas écraser les chatons avec tes talons !

– Arrête, dit Fred. J'ai un service à te demander, que tu dois exécuter sans tarder pour éviter que mon royaume s'effondre.

– Lequel ?

– Tu te souviens du jour où tu m'avais promis d'acheter un cadeau pour l'anniversaire de ma mère ?

– Tu m'avais juré de ne plus jamais reparler de cette histoire ! J'avais une bonne excuse : ma maison était sous les flots.

– Oui, oui, c'est ce que tu racontes. Peu importe. Écoute. Ma mère connaît Saint-Ives, et il y a dans un magasin une broche dont elle rêve. Je me demandais si tu pouvais la lui acheter.

– Bien sûr ! C'est où ?

– C'est un peu dur à t'expliquer comme ça, mais si tu vas au centre-ville, je pourrai te guider. Elle m'a donné un vieux plan de Saint-Ives. Je vais pouvoir te diriger comme un contrôleur aérien.

– D'accord. Laisse-moi juste le temps d'avertir mon père et je te rappelle.

Jess descendit au rez-de-chaussée. Son père était assis devant une tasse de thé à la table de la cuisine.

– Je suis vraiment ravi que tu sois arrivée un jour plus tôt que prévu, dit-il.

Jess se plaça derrière sa chaise et lui passa les bras autour du cou.

– Moi aussi, ça me fait très plaisir. Voilà, j'aimerais m'échapper quelques minutes : Frederika veut que j'aille acheter quelque chose pour sa mère dans une boutique du centre-ville.

– D'accord, de toute façon, c'est l'heure de ma sieste gériatrique. Tu as de l'argent ?

Son père sortit son portefeuille et donna à sa fille un billet de vingt livres.

– Oh, merci papa ! s'écria Jess, étonnée d'une telle somme.

– C'est trop ? fit son père, qui n'était décidément pas un parent très doué.

– Pas du tout ! dit Jess en s'esquivant en direction de la porte. C'est exactement ce qu'il me fallait ! À plus tard, bonne sieste !

– Je laisserai la clé de la porte sous le crapaud

en céramique près de l'entrée, lança son père, comme si c'était un endroit tout à fait logique pour dissimuler une clé.

En ville, ce genre de cachette ne tiendrait pas plus de deux minutes. Mais ça ne faisait que renforcer l'idée que Saint-Ives était vraiment un endroit magique.

Une fois dans la rue, Jess rappela Fred.

– Eh bien, ça a été long. Bon, dis-moi dans quelle rue tu es.

Jess regarda autour d'elle.

– Attends une minute, fit-elle en quittant la ruelle de son père pour prendre une rue plus large. Back Road West.

– Génial. Suis-la dans la direction boréale.

– Qu'est-ce que ça veut dire, « boréale » ?

– Tout de même, madame, vous êtes issue d'un peuple de grands explorateurs ! Est-ce que tu as le soleil dans les yeux ?

– Non, il est sur ma gauche.

– Dans ce cas, tout va bien, femme du peuple. Un peu plus loin, tu prendras Bunker Hill sur ta gauche.

– D'accord, j'y suis, dit Jess en s'aventurant dans une ruelle dont les vieilles maisons étaient ornées de paniers. C'est tellement pittoresque qu'on se croirait dans un décor de théâtre.

– Au bout de Bunker Hill, tu devrais atterrir devant la poste.

Jess était contente que son père lui ait donné

vingt livres. Elle allait pouvoir offrir une jolie broche à la mère de Fred. Quelques instants plus tard, elle arrivait au port. La poste était sur sa gauche.

– Maintenant, tourne à gauche, puis regarde vers la gauche, et dis-moi ce que tu vois. Au coin.

– Une sorte de galerie, je crois, dit Jess. Je ne sais pas s'ils vendent des broches. J'ai l'impression qu'il y a surtout des tableaux et des cartes, des trucs comme ça.

– Ce n'est pas tout à fait le bon endroit. Regarde un peu plus loin. À l'autre angle de la rue.

– Qu'est-ce que tu veux dire par un peu plus loin ? Il n'y a que le port… (Tout à coup, Jess n'en crut pas ses yeux.) Ça alors !

Fred ! Devant elle, à Saint-Ives ! Adossé à une rambarde, le sourire jusqu'aux oreilles, dont l'une était cachée par son téléphone, les bateaux dansant et scintillant dans son dos.

– Fred ! hurla Jess si fort que les chiens se mirent à aboyer, les mouettes à crier et les bébés à pleurer.

Elle franchit en courant les vingt mètres qui les séparaient et se jeta dans ses bras.

– Mais qu'est-ce que tu fais ici ?

– J'avais envie de visiter Saint-Ives. Si ça te pose le moindre problème, je retourne tout de suite chez moi.

– C'est hallucinant ! Hallucinant ! Hallucinant ! ne cessait de répéter Jess. C'est la plus belle surprise de ma vie !

– Mon astrologue m'a annoncé que Neptune était de mèche avec Carbohydrate. Tu peux être tranquille, tu n'auras plus de surprise de la journée.

Fred ne pouvait savoir à quel point il se trompait.

30

– Trouvons un coin plus tranquille, dit Fred.

Jess acquiesça. Leurs retrouvailles s'étaient déroulées devant une trentaine de témoins, y compris quelques chiens et mouettes. Fred la prit par la main et la conduisit dans une partie moins fréquentée de la ville.

– Où on va ? demanda-t-elle. Et d'abord, comment sais-tu où on va ?

– Quand j'étais petit, je venais en vacances ici. Je t'emmène sur l'« île ».

– Je ne sais pas si j'ai le temps de prendre un bateau, s'inquiéta Jess. J'ai dit à mon père que je revenais très vite.

– Tu vas voir, ce n'est pas vraiment une île.

L'« île » se révéla être une colline verte entourée par deux plages, l'une d'elles étant celle où Jess avait observé les surfeurs avec son père. Au sommet se dressait une minuscule chapelle avec un muret et un banc. Un couple avait déjà conquis ce coin hautement désirable et s'embrassait comme une machine à qui on vient de mettre des piles neuves.

Fred et Jess s'éloignèrent pour s'installer dans

l'herbe, loin de tout le monde. De là, ils avaient une magnifique vue sur la mer, les surfeurs et la ville.

Et surtout, Jess avait une incroyable vue sur le visage de Fred, qu'elle n'avait pas eu l'occasion d'admirer depuis des jours. Les surfeurs pouvaient attendre. Elle regarda, fascinée, ses curieux yeux gris, son étrange bouche et ses oreilles un peu décollées.

– J'avais oublié à quoi tu ressemblais, dit-elle.

– Désolé pour la surprise. Toi aussi, tu es plutôt mieux que dans mon souvenir. Tu t'es fait faire un lifting ?

Jess lui donna un violent coup de coude, puis ils plongèrent yeux dans les yeux avant d'entamer un baiser qui dura au moins plusieurs jours.

– C'est mon premier baiser devant la mer, déclara ensuite Jess.

– Quel cliché… Mais finalement, je me demande si j'aime les baisers en plein air. À la lumière du jour. Avec toutes ces mouettes et ces chiens. On se demande ce qui va nous tomber dessus.

– Raconte-moi comment tu es arrivé jusqu'ici.

– Je voulais te faire une surprise. J'ai vendu nos places de Riverdene à Luke, ce qui m'a permis de récupérer un peu d'argent, que j'ai ajouté au salaire récolté pendant ma brève carrière de serveur. Car je me suis fait virer à J + 2.

– Hallucinant ! Et moi qui ne me doutais de rien. Et qui étais jalouse comme un pou. Parle-moi de ces filles à croquer, dit-elle en arrachant des touffes d'herbe. Laquelle te plaisait ?

– Aucune. Comme tu peux le voir, quand il s'agit de fille, j'ai un penchant pour le côté enrobé.

Jess exigea un autre baiser. Fred accéda à sa requête, mettant sa capuche au passage.

– Fred, espèce de débile ! Tu n'es pas censé te rhabiller pendant qu'on s'embrasse. Tu es censé arracher tes vêtements d'excitation !

– Oui, dit Fred en jetant des coups d'œil inquiets autour de lui, mais j'ai peur que ton père surgisse comme un dieu de la Guerre et m'assomme avec un coup de poing issu de son bras puissant !

– Mon père, un bras puissant ? Il a la force d'une sauterelle ! En plus, il fait la sieste à la maison.

– Tu es sûre que ta mère est également à un périmètre de sécurité raisonnable ? dit Fred en continuant à jeter des coups d'œil furtifs.

Car en revanche, Fred savait qu'il fallait compter avec la force de la mère de Jess et, surtout, craindre son venin féministe.

– Je te l'ai dit, elle visite un jardin ! Allez, Fred, détends-toi ! C'est génial que tu sois ici. Moi qui te croyais à Riverdene avec Flora.

– Avec Flora ? Quelle drôle d'imagination,

ma fille ! J'ai dû raconter à mes parents que j'allais à Riverdene avec Luke, parce que sinon ils n'auraient pas accepté mon escapade. Au moins, pendant ce temps, tu n'imaginais pas que je puisse débarquer ici.

– Apparemment, Flora est vraiment à Riverdene, à moins qu'elle apparaisse d'un instant à l'autre.

– J'espère bien que non ! dit Fred en regardant autour de lui. Je n'ai rien contre elle mais je déteste te partager, même quelques secondes.

– Et moi qui pensais que vous étiez ensemble à Riverdene ! fit Jess en secouant la tête. J'en avais le cœur brisé, espèce d'idiot !

Fred lui fit un gros câlin. Puis ils observèrent les surfeurs.

– Je vais apprendre à faire du surf. Je pense que c'est un objectif de carrière raisonnable.

– Cela me semble un sport terrifiant, dit Fred d'un air sceptique.

Il racontait toujours qu'il détestait l'exercice, mais Jess le soupçonnait de faire des pompes en secret et de soulever des poids le soir dans sa chambre. En tout cas, il avait le ventre très dur quand elle le frappait avec ses poings.

Des enfants qui jouaient à cache-cache autour d'eux depuis cinq minutes vinrent leur demander l'heure.

– Six heures et demie, répondit Jess.

Elle fut surprise de découvrir qu'il était si

tard. Le soleil était toujours haut dans le ciel et les vagues s'écrasaient sans cesse sur les rochers au pied de la colline. La mer lui avait fait perdre toute notion du temps. Et, bien sûr, quand elle était avec Fred, deux heures lui paraissaient deux minutes.

– Au secours ! cria-t-elle. Je dois rentrer ! Où est-ce que tu dors ?

– J'ai mon sac de couchage. J'ai passé la nuit dernière dans un vieil abri sur le chemin côtier. Je crois que ce soir, je vais tenter la plage.

– Ne fais pas l'idiot, tu pourrais te faire attaquer, ou bien dévorer par un morse ! Il faut que tu dormes chez papa.

– Il y a une auberge de jeunesse, mais elle est complète. Je ne peux pas m'offrir un B&B, j'ai presque dépensé tout mon argent. J'ai essayé de faire du stop, mais ça n'a guère marché. Mon apparence doit rebuter les gens. J'ai mis deux jours à arriver ici.

– Deux jours ?

– Oui, j'ai dormi dans la salle d'attente d'une gare la première nuit, et dans une grange la nuit suivante. Infestée de rats, bien sûr.

– Mon Dieu, mais c'est horrible ! lança Jess. Il faut que tu dormes chez papa. Mais on ne peut pas arriver ensemble comme ça.

Introduire Fred chez son père relevait du défi. Il risquait de piquer une crise. Comment Jess allait-elle se sortir de cette situation ?

31

– Je ne peux pas débarquer chez ton père, reprit Fred avec un mouvement de recul. Les hommes sont très protecteurs dès qu'il s'agit de leur fille. Il risquerait de me crever les yeux avec un pinceau ou un truc dans le genre.

– Attends, voilà ce que je vais faire : je vais rentrer et attendre qu'il se réveille. Si je le réveille moi-même, il risque d'être un peu grognon. Et je vais lui annoncer que j'ai un petit copain, tout simplement.

– Parce que je suis ton petit copain ? dit Fred, l'air stupéfait. Moi qui me considérais uniquement comme ton ange gardien !

– Ou mon chihuahua ! Bon, je vais voir comment il réagit si je lui dis la vérité, que tu m'as fait une visite surprise.

– En attendant, je vais aller sur la plage, dit Fred en se levant et en attrapant son sac. Je vais m'étendre sur le sable en espérant être repéré par une superbe blonde.

– Je te déteste ! déclara Jess en lui donnant un gros baiser.

– Je t'assure que c'est un sentiment partagé, dit Fred. C'était utile de venir jusqu'ici pour découvrir que tu es encore plus repoussante que dans mon souvenir.

Ils quittèrent la colline et trouvèrent un endroit confortable au milieu des rochers. Jess regarda tout autour d'elle d'un air anxieux. Elle ne voyait pas de superbe blonde, mais elle craignait que celle-ci se cache dans une faille des rochers et surgisse à la minute où elle abandonnerait Fred.

– Souhaite-moi bonne chance ! dit-elle en lui donnant un énorme baiser.

Auquel Fred répondit goulûment. Jess eut l'impression qu'on lui avait aspiré le cerveau pour le remplacer par un feu d'artifice d'émotions.

– Je file sans me retourner, de peur de découvrir que j'ai fait un rêve, dit-elle.

– J'aimerais bien que tout ça ne soit qu'un rêve. Comme ça, je ne passerais pas la nuit sur la plage !

Jess partit en courant dans Back Road West. Qui devenait un peu plus loin Back Road East. Elle aimait le nom des rues à Saint-Ives. Elle aimait tout à Saint-Ives. Et elle l'aimait encore plus depuis qu'elle y avait retrouvé Fred. Le bonheur de Jess semblait s'étendre sur toute la ville comme l'odeur de frite, mais en moins gras.

Alors qu'elle approchait de la maison de son père, elle se sentit toutefois de plus en plus nerveuse. Comment son père allait-il prendre son histoire ? Jess devait se montrer très prudente et user de beaucoup de diplomatie.

Elle entra sur la pointe des pieds en ouvrant la porte tout doucement, espérant que son père dorme encore. Même si ça signifiait attendre plus longtemps pour retrouver Fred, ça lui permettrait aussi de concocter une bonne histoire. Non ! Pas d'histoire ! Jess avait tellement l'habitude de mentir, surtout ces derniers temps, que c'en devenait presque instinctif.

Il lui suffisait de dire la vérité. Même si ça paraissait beaucoup plus dangereux que de mentir. Et si son père se mettait en colère en l'accusant d'être une traînée ? Il risquait de l'enfermer dans sa chambre au pain sec et à l'eau et d'appeler la brigade des mœurs, à savoir sa mère, pour qu'elle la récupère immédiatement.

En refermant la porte d'entrée, Jess entendit la radio dans la cuisine. Son père était donc réveillé ! Il fallait qu'elle lui dise la vérité tout de suite. Elle pénétra dans la cuisine. Il regardait fixement sa tasse de thé. Intacte. Il n'avait pas bougé depuis qu'elle était partie. C'était bizarre et inquiétant.

– Tu veux une tasse de thé ? proposa-t-il en se levant pour éteindre la radio. Du thé tout frais. Ou presque.

– Non merci, dit Jess, incapable d'avaler quoi que ce soit. Tu as bien dormi ?

– En fait, je n'ai pas fait de sieste. J'avais des coups de fil à passer.

Il avait l'air étrange. Préoccupé. Comme s'il avait oublié quelque chose. Tout à coup, il se tourna vers Jess et ils se dévisagèrent. Jess commençait à défaillir. À croire que son père savait. Serait-il allé se promener et l'aurait-il vue avec Fred sur la colline ? En elle-même, elle rougit à cette pensée.

De toute évidence, c'était le moment de se jeter à l'eau. Jess devait rassembler tout le courage dont elle disposait. Elle s'éclaircit la gorge. Devait-elle s'asseoir ? Elle avait les jambes en coton. Devait-elle rester debout ? Ce serait plus facile s'il fallait partir en courant. Pour finir, elle s'installa à moitié sur une chaise.

– Papa, dit-elle d'une voix tremblante. Je crains d'avoir une drôle de nouvelle à t'annoncer.

Il écarquilla les yeux et inclina la tête. Sans rien dire. Il avait l'air terrorisé.

– Voilà, reprit Jess. Je dois t'avouer quelque chose. J'ai un petit copain. En secret. Il meurt d'envie de faire ta connaissance. Et il est en train d'attendre sur la plage.

Le visage de son père passa par une centaine d'expressions : inquiétude, choc, embarras, étonnement... On aurait dit le catalogue de la

Compagnie des Émotions. Pendant une longue, très longue minute, il ne dit rien. Puis son visage se stabilisa sur une expression, qui, à l'étonnement absolu de Jess, semblait être penaude.

– Bon, finit-il par dire. Puisque c'est le moment des grandes révélations, moi aussi j'en ai une. Moi aussi, j'ai un petit ami. En secret. Qui lui aussi attend sur la plage.

32

Jess sentit un bourdonnement dans ses oreilles. Puis il disparut et la pièce resta plongée dans un silence absolu, à part le bruyant tic-tac de la pendule. Elle n'arrivait pas à comprendre ce qu'elle venait d'entendre.

– Tu veux dire que… commença-t-elle, la voix presque éraillée, que tu es gay ?!

Son père rougit et sa lèvre supérieure se recourba en une sorte de sourire contrit.

– J'en ai bien peur, dit-il en haussant les épaules.

Jess sentit son corps se couvrir de chair de poule. C'était bizarre ! C'était vraiment bizarre ! Elle repensa aux moments qu'ils avaient passés ensemble toutes ces dernières années. Ils étaient allés visiter un musée où il lui avait montré des os de dinosaure et pendant ce temps, il savait qu'il était gay ! Il l'avait emmenée au restaurant où ils avaient partagé une pizza et un Coca, et pendant ce temps, il savait qu'il était gay ! Il lui avait lu des histoires pour l'endormir, il s'était promené avec elle dans le parc, il l'avait emmenée au cinéma, et pendant ce temps, il savait qu'il était gay ! D'une certaine manière, même si ça paraissait incroyable, plus Jess y pensait, plus ça expliquait tout.

– Mais pourquoi tu ne me l'as pas dit il y a des années ? lança-t-elle.

Jess était de plus en plus soulagée. Elle n'aimait pas l'idée que son père fréquente d'autres hommes, les embrasse et tout ça. Mais s'il avait été hétérosexuel, elle n'aurait pas non plus aimé l'idée qu'il fréquente une femme. Peut-être qu'on n'aimait tout simplement pas imaginer ses parents en train de faire ce genre de truc.

– Je ne, ce n'était... Je craignais de te blesser.

Son père semblait encore plus hésitant, plus coincé et plus embarrassé que Jess.

– Bien sûr que non, je ne suis pas blessée. Je suis juste étonnée, c'est tout !

Elle commença à penser aux gays qu'on voyait à la télé : Ian McKellen, l'acteur qui jouait Gandalf dans *Le Seigneur des anneaux*. Et Elton John, pour ne citer qu'eux. Dire que son père appartenait au club très spécial de ces types géniaux !

– C'est trop cool ! Quand je vais raconter ça à mes copines, elles vont être vraiment jalouses !

– Tu veux dire que ça ne te... dérange pas ? avança son père.

– Me déranger ? dit Jess avec un immense et

héroïque effort. Mais je suis ravie, espèce d'imbécile ! Embrasse-moi !

Elle lui fit un sourire éblouissant, et son père un sourire hésitant. Tous deux se levèrent et tombèrent maladroitement dans les bras l'un de l'autre. Un craquement d'os se fit entendre.

– C'est malin, tu m'as cassé une côte ! lança son père. C'est pour ça que je ne m'approche pas des femmes. Elles ont la force de dix hommes réunis !

– De dix tigresses, tu veux dire ! Puis tout à coup, Jess pensa à quelque chose : Maman est au courant ?

– Bien sûr ! En fait, au fil de notre mariage, mon homosexualité est devenue évidente. C'est d'ailleurs ce qui a mis fin à notre union.

– Mais elle aurait dû me le dire !

– Je le sais, mais c'est aussi ma faute. Ça fait longtemps que nous cherchons le meilleur moment pour t'en parler et, jusqu'à présent, nous n'avions pas réussi.

– Tu aurais dû me le dire il y a des années, dit Jess. Ça explique pourquoi vous n'êtes pas restés ensemble, tu n'as pas pensé à ça ? Un mariage hétérosexuel ne peut pas marcher si l'homme est gay. Et puis, avoir un ex devenu gay, c'est trop à la mode. C'est génialissime !

– Je crois que j'ai besoin d'un café, dit son père en se dirigeant vers la bouilloire. Tout ça va si vite.

– Si tu veux mon avis, ça ne va pas assez vite, oui ! Franchement, papa, tu aurais dû me le dire il y a des années. Cela aurait tout expliqué.

– Eh bien voilà, dit son père en remplissant la bouilloire. Quand j'ai épousé ta mère, je ne savais pas trop quoi penser, et je croyais que le mariage réglerait la question. Mais ça n'a pas marché. Je n'ai été capable que de rejeter ta mère.

– Mais tu n'as pas fait que ça, espèce de malin ! Tu m'as procréée, moi, ta merveilleuse fille ! Maman n'aurait pas pu me faire toute seule ! Au fait, ajouta-t-elle, je prendrais bien un chocolat chaud. (À mesure qu'elle se faisait à l'idée, Jess était de plus en plus ravie.) Il y a tellement de gens géniaux qui sont gays, papa. Vraiment. Il faut que tu aies plus confiance en toi. Tu vois bien la Gay Pride, non ?

– Oui, oui, fit nerveusement son père. Mais il y a encore tant de préjugés. Par exemple, quand je l'ai annoncé à mon père, il a refusé de me parler pendant deux ans.

– Quoi ? s'exclama Jess. Grand-papa ?

Jess était indignée. Ses grands-parents paternels étaient partis vivre en Australie dix ans plus tôt, Jess les connaissait donc très peu. Ils lui envoyaient toujours un cadeau pour Noël et son anniversaire, ils lui téléphonaient parfois, mais elle ne se sentait pas très proche d'eux, en tout cas pas autant que de sa mamy maternelle.

– C'est en rapport avec l'éducation qu'il a reçue, dit son père. Ses parents étaient nés à l'époque victorienne, tu sais.

– Je déteste les Victoriens ! Ils étaient si durs… Mais ce n'est pas grave. Parle-moi plutôt de ton petit ami.

Son père rougit à nouveau. L'eau se mit à bouillir, et il prépara un café et un chocolat.

– Comment il s'appelle ? demanda-t-elle.

– Phil.

– Comme ton copain ? Attends, je comprends ! Tu m'as raconté que c'était un ami pour m'induire en erreur.

– Oui, il me fallait un peu de temps pour préparer le terrain. Tu as débarqué avec un jour d'avance, tu sais.

– Donc cette histoire de petite amie, c'était faux ?

– J'en ai peur. Je suis désolé, ma chérie.

– Et qu'est-ce qu'il fait, dans la vie ?

– Il tient une boutique. Et il a un petit bateau. Il aime beaucoup pêcher. Il fait du surf, aussi.

– Du surf ! Ouah ! Et il est sur la plage en ce moment ? On peut aller le voir ?

– Attends, attends, je n'ai pas encore bu mon café. Et toi, tu ne m'as pas parlé de ton petit ami.

– Oh, il n'y a pas grand-chose à en dire. C'est juste le garçon le plus génial, le plus intelligent, le plus drôle et le plus fou au monde.

– Comment il s'appelle ?

– Fred.

– Frederika, j'imagine…

– Oui, papa. Désolée, je t'ai menti.

– On a tous les deux menti. Dommage qu'on ne puisse pas faire commerce de nos mensonges. On gagnerait beaucoup d'argent. On pourrait monter une entreprise qui s'appellerait « On ment pour vous ».

– Ou « On ment comme on respire » ! Parce que j'ai aussi menti sur mes amies. Tu sais, Eleanor dont la mère est partie vivre en Californie et qui a deux bébés qui s'appellent Carlo et je sais plus comment.

– Je croyais que c'était son père qui était parti vivre en Californie ?

– Peut-être, je ne sais plus. Ça n'a pas d'importance. Je disais ça pour t'aider au cas où tu doives m'annoncer que tu avais une nouvelle femme et un bébé.

– Eh bien, tu te trompais complètement !

– Allez, je n'en peux plus d'attendre ! Allons chercher Phil !

– Et moi, je suis très impatient de connaître Fred, dit son père d'un air inquiet. J'espère que tu ne l'as pas dégoté sur la plage.

– Ne dis pas n'importe quoi, papa. Je connais

Fred depuis toujours. On s'est rencontrés au square quand on avait trois ans et demi. Il m'a donné un coup de ballon gonflable à la tête, et on est amis depuis.

– À quoi il ressemble ?

– Pour être franche, papa, je crois qu'il te ressemble un peu. Il n'est pas très doué en relations humaines, mais il est très drôle.

– Que Dieu lui vienne en aide, dans ce cas, dit son père en finissant son café, rinçant les tasses, puis faisant un grand sourire à Jess. Allez, viens. Même si honnêtement, je préférerais manger du porc-épic que de faire la connaissance de ton petit ami.

– Moi de même. Je préférerais manger du serpent !

Ils parcoururent main dans la main les insolites petites rues blanches de Saint-Ives. Quand ils approchèrent de la plage, Jess fit halte.

– Promets-moi juste une chose, dit-elle. Je ne veux pas que tu tiennes Phil par la main ou que tu l'embrasses en ma présence. Ce n'est pas le problème que tu sois gay. Je détesterais encore plus si c'était une femme.

– D'accord. Et Fred et toi devez garder une distance de sûreté de dix mètres. Sinon, je risque de me transformer en tyran victorien et de t'enfermer dans une tour tout en jetant Fred aux chiens.

– D'accord.

Même si Fred et Jess oubliaient la distance de sûreté et se frôlaient par mégarde, leur punition serait de toute façon moins épouvantable et plus originale. Ils atteignirent la plage. Fred était assis sur le rocher où Jess l'avait laissé, sa capuche sur la tête. Il regardait la mer.

– Fred ! appela Jess.

Il se tourna vers eux et se releva. Puis il sauta sur un rocher et haussa les épaules d'un air gêné avant de retirer sa capuche, révélant son visage particulier mais fascinant, avec ses grands yeux gris et son sourire ironique.

– Fred, je te présente mon père, et papa, je te présente Fred.

Ils se serrèrent la main. Fred était presque aussi grand que le père de Jess. Ils échangèrent un sourire gêné.

– Maintenant, on va chercher le petit ami de mon père, annonça Jess.

Elle craignait que Fred dévisage son père, hoquette, s'étrangle, glousse ou quelque chose comme ça, mais il ne broncha pas.

– Cool, dit-il avec un sourire très détendu.

Jess était très fière de lui.

– Alors, où est Phil ? demanda-t-elle.

Son père scrutait les vagues, où une quarantaine de surfeurs en combinaison, tous identiques, plongeaient dans l'écume. Ils étaient si loin qu'on n'apercevait que de petits bonshommes noirs.

– Il est là, et il nous a vus, dit son père sans quitter la mer des yeux.

Jess vit un bonhomme noir nager vers le rivage. Il coinça sa planche sous son bras et s'approcha d'eux.

Jess eut l'impression que ces quelques minutes duraient des siècles.

33

À mesure que Phil approchait, Jess le trouvait de plus en plus beau. Cela dit, émerger de la mer en combinaison de plongée avec une planche de surf sous le bras aurait rendu élégant même un bossu bigleux.

– Jess ! Si je n'étais pas tout mouillé, je te serrerais dans mes bras !

– Bonjour, Phil, dit Jess en lui serrant la main. Papa m'a parlé de vous deux. Je tiens à te dire que je suis ravie. Il aurait dû nous présenter dès le début.

– Et voici Fred, dit son père.

Fred serra la main de Phil.

« Mon Dieu, pensa Jess, je vous en supplie, faites que Phil m'aime bien. Et que papa aime bien Fred. Et que Fred aime bien papa. Et que Phil aime bien Fred. » C'était compliqué, les relations humaines, quand on y réfléchissait.

– Rentrons à la maison et laissons Timbo nous préparer un délicieux repas ! lança Phil.

Tout d'abord, Jess se demanda qui était Timbo. Puis elle comprit qu'il s'agissait de son père. Ça faisait bizarre de penser que Phil lui avait donné un surnom. Mais pourquoi pas ?

– Ton père fait très bien la cuisine, tu sais ? lança Phil. Vous aimez le poisson, tous les deux ?

– J'adore les poissons ! fit Jess.

– Les vrais poissons dans des aquariums avec des nageoires, des écailles et tout ça, dit Fred. Mais pas les trucs genre poulpe avec des ventouses. Mon poisson préféré, c'est la tomate.

– Dans ce cas, on va commencer par une salade de tomates, dit Phil. Et qu'est-ce que tu dirais d'une tourte au poisson en plat principal, Timbo ? Avec du fromage fondu dessus ?

– Une banale tourte au poisson pour une occasion comme celle-ci ? La première visite de ma fille et de son… distingué compagnon ? Il faut au moins un véritable repas indonésien pour fêter ça, oui !

Son père sourit et Jess lui fit un geste d'encouragement alors qu'ils quittaient la plage.

– Alors, Fred, comment es-tu arrivé jusqu'ici ? lança le père de Jess.

– Je crois que mon histoire constituera bientôt un épisode des grandes explorations britanniques !

Bientôt, Fred et le père de Jess marchaient en tête. Il faut dire qu'ils avaient de grandes jambes. Jess et Phil les suivaient à quelques pas derrière.

– Et tu vas rentrer à la maison comme ça ? demanda Jess, stupéfaite de voir Phil toujours dégoulinant et pieds nus.

– Oui, j'ai de la peau de rhinocéros sous les pieds. Tu me verrais courir sans chaussures dans les rues au mois de novembre. Même si c'est un peu exagéré, je sais. Alors dis-moi, Jess, comment s'est passé ton voyage ?

– Ça a été un calvaire !

– Et pourquoi ?

Jess se jeta à l'eau. Elle expliqua à Phil comment elle voulait aller à Riverdene avec Fred, comment elle avait menti, s'était retrouvée dans le pétrin, et puis le voyage, et sa crainte que Fred et Flora sortent ensemble. Phil écouta avec attention et compassion, comme si c'était le récit le plus intéressant au monde.

– Oh non, ma pauvre ! disait-il parfois.

Jess lui raconta comment sa mamy avait refusé de disperser les cendres de son grand-père dans la mer et comment elle avait dû faire le ventriloque pour lui remonter le moral. Puis comment sa mère avait choisi le pire moment pour s'épancher sur son épaule, le moment où Jess espérait justement le contraire.

– Jess, tu es une sainte ! s'écria Phil. Tu peux pleurer sur mon épaule dès que tu en as envie ! Non, pas maintenant, elle est déjà trempée, mais sinon, ne te gêne pas !

– Merci, mais je vais bien maintenant, Fred

vient de me rejoindre, c'est donc en gros le meilleur moment de ma vie. Juste après que papa m'eut appris ton existence, qui est le deuxième meilleur moment.

Ils échangèrent un sourire. Jess décida de railler un peu Phil.

– Et qu'est-ce que c'était que cette histoire de petite amie qui te trompait avec un bodybuilder ?

– Oh, je suis désolé ! C'était stupide de ma part. Nous ne savions pas comment tu allais réagir. Tes parents ont essayé de t'annoncer la nouvelle depuis si longtemps… On en a parlé pendant des mois… On ne voulait surtout pas te blesser.

C'était étrange pour Jess de penser que les adultes l'avaient à ce point prise en considération.

– C'était ridicule, dit-elle en souriant. Mais je vous remercie.

– Et puis, n'oublie pas que tu as débarqué un jour plus tôt. Je crois que sur le moment, on a eu peur.

– Il faut dire que papa est un peu peureux, non ?

Ils avaient atteint la maison. Tout le monde attendit pendant que Tim fouillait dans ses poches, terrorisé à l'idée d'avoir perdu ses clés.

– Il les perd tout le temps, lui confia Phil. Surtout quand j'ai froid aux pieds.

Son père finit par retrouver son trousseau, et ils pénétrèrent tous dans la maison. Phil alla prendre une douche, et Fred demanda d'un air gêné où se trouvaient les toilettes. Quand il eut disparu, son père dit à Jess :

– Fred est drôle ! Je l'aime beaucoup.

– Et moi, j'adore Phil. C'est génial que chacun apprécie le petit ami de l'autre !

– Bon, fit son père. Je vais préparer le dîner, mais j'ai besoin d'aide. Tu peux me couper des oignons ?

– Phil habite ici ? demanda Jess.

– Oui, nous sommes venus vivre à Saint-Ives car sa mère n'est pas très loin. À Channel View. Il s'occupe beaucoup d'elle. Il va la voir tous les jours, et il reste dormir chez elle si elle ne va pas bien. Il y va ce soir, car il doit réparer la lumière de son porche.

Fred revint et promena un regard admiratif sur la cuisine.

– La maison de papa est ravissante, n'est-ce pas ? fit Jess.

Fred acquiesça. Jess se demanda si elle aurait un jour une maison comme ça avec Fred. Elle l'imagina haute, bleue et blanche, aussi agréable que celle-ci.

– Fred, est-ce que tu peux me couper ces tomates, s'il te plaît ? demanda le père de Jess.

Quand il cuisinait, son père était étonnamment calme et sûr de lui. Il chantonnait et mitonnait avec grâce. Son anneau d'argent, que Jess avait remarqué un peu plus tôt, scintillait. Elle comprenait mieux, maintenant. C'était un anneau du bonheur, mais un anneau qui ne signifiait pas pour autant marâtre ou bébé. Le vrai bonheur, quoi !

Dès qu'il s'agissait de cuisine, en revanche, Fred devenait impotent. Sa première tomate explosa, et la seconde traversa la cuisine pour éclater contre la porte du frigo. Jess trouva ça très mignon, mais se promit de lui faire prendre des cours dès qu'elle aurait gagné son premier million. Sauf s'ils s'offraient le luxe d'un cuisinier à domicile.

Pour finir, Phil réapparut en jean et chemise à carreaux. Avec un sourire à 150 watts qui illumina la cuisine.

– Vous m'avez vu dans ma tenue de surfeur, me voici maintenant dans ma tenue de bûcheron, dit-il en prenant une posture virile. Bon, quelqu'un veut du jus d'orange frais ?

– Oh oui, avec plaisir ! dit Jess. C'est excellent pour le teint.

– Mais tu as un teint parfait ! Et toi, Fred ? dit-il en servant Jess.

– Non merci. Je préfère le Coca. J'adore me sentir au bord de l'explosion.

– Un verre de vin, Timbo ? demanda Phil.

– Du vin, c'est tout ? dit le père de Jess. Alors que ma fille unique vient me rendre visite à la Vieille Sardine ? Je suggère un Buck Fizz, oui !

– Et c'est quoi un Buck Fizz ?

– Champagne et jus d'orange ! dit Phil en ouvrant le frigo pour ressortir le jus d'orange.

– Vous avez droit à un petit verre chacun, dit son père. Je ne suis pas pour l'alcoolisme adolescent. Ni même postadolescent, d'ailleurs.

Phil prépara les Buck Fizz avec élégance, versant le jus d'orange de la main droite et le champagne de la main gauche, sans en renverser une goutte. Il aurait mérité le prix Nobel du cocktail.

– Tu as été barman, Phil ? demanda Jess.

– J'ai fait un peu tous les métiers, tu sais. J'ai inventé plein de choses. Des cocktails, des concepts de mariage, des voitures de course. Mais toutes mes idées n'ont pas été réalisées.

– Phil a travaillé à Londres, dit son père. Il concevait de superbes costumes pour le carnaval. En fait, le jour où on s'est rencontrés, il était déguisé en kangourou.

– J'adore le carnaval, dit Phil. Les paillettes, les plumes, les perruques, les boucles d'oreilles…

– Moi aussi, j'adore me déguiser ! fit Jess.

– Eh bien, dans ce cas, tu es au bon endroit. J'ai une malle remplie de déguisements en haut. Parfois, Timbo s'inspire de mes costumes pour ses tableaux.

– On pourrait aller la voir ? Après le dîner ?

Fred eut l'air un peu sceptique. Mais Phil sourit et fit un clin d'œil à Jess.

– Excellente idée ! J'ai même réussi à convaincre Timbo de faire une fête costumée pour son anniversaire. Il était déguisé en turbot.

– Mais je n'avais pas une vraie queue de poisson. Juste un pantalon argenté.

– Et toi, Fred, tu aimes te déguiser ? demanda Phil.

– Oh non ! Moi, je suis né dans un costume de flanelle grise !

– Allez, l'encouragea Jess. J'adorerais te déguiser en fille !

Jess aimait beaucoup les spectacles de comédie à la télévision, surtout ceux où apparaissaient des drag-queens.

– Garde tes perversions pour toi ! lui lança Fred avec un sourire.

– Allez, Fred, sois gentil ! insista Jess en riant. Tu serais si beau avec une longue perruque blonde. Tu n'as pas de longue perruque blonde, Phil ?

– Sans me vanter, j'ai sans doute la plus belle collection de perruques blondes de tout le pays.

– Mais il n'est pas seulement frasques et paillettes. Il est aussi sauveteur en mer, tu sais, dit le père de Jess.

– Sauveteur en mer ! s'exclama Jess, admirative. Tu veux dire que tu risques ta vie pour sauver des gens ?

– Oh, ce n'est pas si héroïque que ça, dit Phil. C'est juste que j'aimais bien la couleur des cirés.

– Il risque régulièrement sa vie, insista le père de Jess. L'an dernier, on lui a même décerné une médaille.

– Arrête, Timbo ! rigola Phil. Pas besoin de me faire de la publicité ! Sers-nous plutôt à manger !

Le dîner était divin : sauté de fruits de mer avec riz basmati. C'était au moins mille fois meilleur que tout ce que la mère de Jess avait pu cuisiner dans sa vie.

– Quelqu'un veut un dessert ? demanda Phil en se levant pour débarrasser. Qu'est-ce que tu dirais d'une glace à la fraise maison, Fred ?

– Je dirais : ravi de faire sa connaissance.

– Avec de la meringue ?

– Fred adore la meringue ! expliqua Jess. Vous le verriez face à une tarte au citron meringuée… On dirait un lion devant un gnou agonisant.

– On en fera une demain, d'accord, Timbo ?

– Bien sûr ! dit le père de Jess avec un sourire.

Jess pensa que c'était la soirée la plus agréable de sa vie. Elle avait enfin percé le mystère de la séparation de ses parents. Son père semblait heureux, et Jess était sûre qu'une fois sa mère rassurée, elle se mettrait à profiter de la vie à son tour. Quoique…

34

Après le dîner, Jess et Fred firent la vaisselle. Non sans mal, en ce qui concernait Fred. Il avait été très mal éduqué par une mère beaucoup trop mère poule.

– Il y a encore des traces sur cette assiette, Fred, le gronda Jess. Remets-la dans l'eau.

– Ces corvées domestiques sont indignes de moi ! dit-il d'un ton provocateur avec un sourire exaspérant.

Jess le fouetta avec le torchon. Elle n'avait jamais eu autant de plaisir à faire la vaisselle. Peut-être que c'était lié au Buck Fizz.

Son père et Phil préparèrent du café qu'ils prirent sur la terrasse perchée au milieu des toits.

– En te tordant le cou, tu peux voir le soleil se coucher sur la mer, déclara son père.

Des mouettes voletaient et des petits oiseaux se promenaient sur la balustrade.

– Qu'est-ce que c'est ? demanda Jess.

– Des sansonnets, répondit son père. Ils sont beaux, hein ? Ne me dis pas que tu commences à t'intéresser aux oiseaux !

– Pas du tout. Mais je trouvais qu'ils seraient jolis empaillés sur un chapeau. (Jess ne pensait pas du tout ce qu'elle disait. Ce qu'elle aurait aimé, c'était un sansonnet vivant sur l'épaule.) Tu n'as pas de chapeau avec des oiseaux dessus, Phil ?

Son père prit un air furieux.

– Tu es folle ? murmura Phil. Alors que je vis avec un ornithologiste ! Je n'oserais jamais !

– On peut aller voir les costumes ? Allez !

– Bien sûr, dit Phil en finissant son café et en bondissant sur ses pieds.

Jess le suivit.

– Vous aussi ! dit-elle en lançant un coup d'œil à son père et à Fred.

Tous deux grognèrent à l'unisson, mais Jess comprit que c'était de pure forme. Le Buck Fizz avait joué son rôle. Ils avaient tous envie de faire la fête.

Jess suivit Phil jusqu'à l'atelier de son père. Il enleva le tapis posé sur une immense malle et l'éloigna du mur. Elle contenait des vêtements fabuleux : des habits en paillettes style années trente, des robes longues en soie, des vieilles capelines, des robes de chambre chinoises brodées, d'incroyables capes de magicien.

– Les perruques et les chapeaux se trouvent dans ce placard, dit Phil en allant au fond de l'atelier pour ouvrir une penderie.

– C'est merveilleux ! s'écria Jess. Regarde !

On dirait la robe que Marilyn porte dans *Certains l'aiment chaud* !

– Essaie-la si tu veux, lui proposa Phil. Il y a un paravent. Je vais te chercher une perruque.

Jess passa derrière le paravent et se glissa dans la robe rose pailletée. Son père et Fred surgirent dans la pièce.

– Salut, vous deux ! lança Phil. En quoi vous voulez vous déguiser ce soir ? En animal, végétal, minéral ? Version *Seigneur des anneaux* ou *Pirates des Caraïbes* ?

– Le problème, cria Jess depuis le paravent, c'est que je n'ai pas assez de poitrine pour cette robe !

– Dans ce cas, attrape ces faux seins, ma chère ! dit Phil en lui lançant par-dessus le paravent un étrange soutien-gorge rembourré.

Jess éclata de rire. Puis elle surgit dans la pièce et Phil lui présenta une perruque parfaite pour incarner Marilyn.

– D'abord, il va falloir que tu t'attaches les cheveux, dit Phil en lui tendant une boîte d'épingles et de la laque.

Il y avait plusieurs miroirs dans la pièce. Jess se mit au travail.

– Il est hors de question que je me déguise en femme, dit Fred en attrapant une perruque blonde.

– Bon, Timbo, en quoi tu veux t'habiller ? En oiseau ? En poisson ? En corbeau ?

– Je serais plutôt d'humeur Gandalf, ce soir, dit son père en prenant une barbe grise. Ce qu'il y a de bien, avec Gandalf, c'est qu'on n'a pas besoin de montrer ses jambes.

– Fred, tu ressembles à Jennifer Aniston avec cette perruque ! dit Phil. Attends, j'ai une mini-jupe quelque part pour toi !

Peu à peu, ils finirent tous par se déguiser. Phil chercha parmi les disques et mit la bande-son du *Rocky Horror Picture Show.*

Jess avait trouvé une paire de talons aiguilles assortie à sa robe. Elle s'avança en titubant. Elle ne s'était jamais autant amusée de sa vie.

La tête de son père surgit du chapeau pointu et mou de Gandalf. Robe longue et barbe grise : la tenue idéale pour un retraité qui souhaitait se lancer dans le combat du bien contre le mal.

Fred était très convaincant en blonde à grandes jambes, et Phil avait enfilé un costume en caoutchouc vert et des grosses lunettes pour incarner Kermit la grenouille.

Quand *The Time Warp* commença, ils se mirent tous à danser, entraînés par Phil qui semblait connaître chaque mouvement.

Tout à coup, un étrange bruit résonna par-dessus la musique. Ils s'arrêtèrent en échangeant des coups d'œil.

– C'est la porte, dit le père de Jess, l'air terrorisé.

– On s'en fout, dit Phil. Ce sont les voisins. Ils finiront par partir.

Mais ils continuèrent tous à écouter. Phil baissa le son du CD. Les coups reprirent.

– Mon Dieu, ils insistent, dit le père de Jess.

– On les ignore, dit fermement Phil. Ils vont bien se lasser.

Ils attendirent. Puis l'immense cloche sonna. Résonna, plutôt, contre tous les murs de la maison. Assourdissant.

– Je déteste cette cloche, dit le père de Jess. Elle dérange tout le quartier. Je la décroche demain matin.

À nouveau, la personne fit retentir la cloche, qui résonna dans toute la rue.

– Jess, vas-y. Tu es la seule qui ait l'air normale, lança Phil.

– L'air normale ! Non mais tu m'as vue ! Je me sens presque une drag-queen !

– Vas-y, ma chérie, la pressa son père. Va voir qui c'est, et dis qu'on est sortis.

– Et garde ta perruque ! dit Phil.

De toute façon, Jess n'avait pas le choix. Sous sa perruque, ses cheveux étaient retenus par des épingles et plaqués par de la laque. Elle retira les chaussures à talons aiguilles et courut pieds nus au rez-de-chaussée.

En ouvrant la porte, elle se retrouva face à sa mère, tout sourire, qui lui tendait un sac. En découvrant la robe à paillettes et l'énorme perruque blonde, le sourire de sa mère laissa place à une expression effarée.

– Jess ! s'exclama-t-elle, pour une fois presque coite. Mais qu'est-ce qui se passe ?

– On s'est juste déguisés, maman, dit Jess, tandis que la terreur envahissait ses organes les uns après les autres. Je croyais que tu ne venais que demain.

– Je t'apportais des affaires pour la nuit. Ton pyjama, et tout ça. Mamy s'est couchée de bonne heure, alors je me suis dit que j'allais faire une petite promenade nocturne.

– Entre. Excuse notre apparence. On s'amusait, c'est tout.

Sa mère avait l'air ahurie et pas aussi enthousiaste que l'aurait aimé Jess. Et elle ignorait encore que Phil et Fred étaient là.

– On est en haut, dans l'atelier de papa, dit Jess en s'élançant dans l'escalier en bois. C'est maman ! cria-t-elle afin de donner aux trois autres quelques précieuses secondes pour réagir. Mais elle savait très bien que ces quelques secondes ne suffiraient pas.

35

Dans l'escalier, Jess sentit la colère monter en elle. Mais qu'est-ce que sa mère venait faire là ? Pourquoi n'était-elle pas restée à Penzance ? Dès que Jess demandait à rendre visite à son père, sa mère la décourageait. À chaque fois, elle trouvait une excuse et repoussait le moment.

Et maintenant que Jess avait enfin réussi à rejoindre son père, appris la grande nouvelle, alors qu'elle s'amusait comme une folle, sa mère débarquait ! En tambourinant à la porte comme la police ! Prête à tout défoncer !

Jess pénétra dans la pièce une seconde avant elle. Son père, Phil et Fred étaient figés sur place. Avec leurs déguisements, ils avaient l'air ridicules. La musique du *Rocky Horror Show* passait toujours, mais moins fort. Sa mère les dévisagea les uns après les autres. Les yeux écarquillés. Le souffle coupé. Phil éteignit la musique.

– Euh, voici le pyjama de Jess, dit-elle en tendant un sac d'un geste hésitant. Avec sa brosse à dents et des vêtements propres pour demain.

– Leine, dit le père de Jess après un long silence.

Il retira son chapeau de magicien. Il avait la voix aiguë et fluette, comme s'il s'étranglait. Fred retira sa perruque.

– Bonjour, madame Jordan, dit-il.

– Fred ! s'exclama la mère de Jess. Je ne te reconnaissais pas.

Il fit un sourire, mais un sourire forcé. On aurait dit un iguane en minijupe. Un instant, Jess fut tentée d'éclater de rire, mais se ravisa.

– J'ignorais que tu étais à Saint-Ives, dit-elle d'une voix bizarrement polie et vieillotte.

– Je suis venu en stop. Je voulais faire une surprise à Jess.

– Fred est arrivé il y a deux heures, expliqua Jess.

– Ah, dit sa mère avec un hochement de tête.

Puis elle se tourna vers Phil et le dévisagea longuement. Jess comprit qu'elle essayait de savoir qui était la personne sous ce costume de grenouille.

– Je suis désolée, dit-elle. Je ne…

– Madeleine ! dit Phil en retirant ses grosses lunettes. Vous nous surprenez en plein carnaval. Nous faisions une petite fête. En l'honneur de la venue de Jess. Je suis Phil King, ajouta-t-il en s'avançant vers elle pour lui serrer la main.

– Ah ! J'ai beaucoup entendu parler de vous, dit-elle avec un sourire incertain.

Elle tenta d'englober tout le monde dans son sourire. Son père avait toujours l'air ahuri avec sa longue barbe grise et son chapeau de Gandalf à la main. Pourtant, il était chez lui. C'était lui le maître des lieux ! C'était à lui de mettre la mère de Jess à l'aise. Quels incapables, ces parents, vraiment !

Mais tout à coup, Jess éprouva un élan de tendresse envers sa mère qui n'osait bouger et avait l'air perdue. Au milieu des paillettes et du satin, des plumes d'autruche, des perruques voyantes, de tous ces vêtements qu'elle n'avait jamais portés de sa vie, elle avait l'air petite, triste et vulnérable. Et lasse.

Elle débarquait en plein cœur d'une fête improvisée. Comment aurait-elle pu savoir qu'ils seraient tous déguisés et en train de danser ? Elle devait se sentir mal à l'aise. Et furieuse, aussi. De la présence de Fred. Elle devait croire que Jess l'avait trahie, qu'elle avait conçu un plan en douce pour retrouver Fred à Saint-Ives. Avec son père comme complice. Jess gémit en silence.

Pourtant, même si elle était furieuse, sa mère n'avait pas crié. Jusque-là. Elle n'avait pas fait la moindre remarque sarcastique. Et pourtant, en général, elle était très forte pour ça. Au contraire, elle avait réussi à sourire, ce dont Jess lui était très reconnaissante. Elle avait envie de la prendre dans ses bras.

Mais c'était impossible dans cette pièce où tout le monde était immobile, comme dans un tableau vivant. À croire qu'on leur avait jeté un sort et qu'ils attendaient un mot magique pour les libérer. Jess prit conscience qu'elle était la seule à connaître la formule magique.

– Phil est le petit ami de papa, annonça-t-elle. Il est sauveteur en mer, aussi. Il a même reçu une médaille l'an dernier. C'est génial, non ?

Jess vit les paupières de sa mère battre très fort, comme si elle avait une poussière dans l'œil. Jess la supplia intérieurement de dire, quoi qu'elle pense, une parole gentille. Jess la vit se tourner, presque au ralenti, vers Phil. Et sourire.

– Nous nous rencontrons enfin ! dit-elle. Tim m'a beaucoup parlé de vous. Il oublie toujours de reboucher le dentifrice ?

« Génial ! pensa Jess. Génial, génial, génial ! »

Phil sourit en répondant :

– Toujours.

– Quelle belle maison vous avez ! dit-elle à Phil. (Une façon d'accepter le fait qu'il vivait avec le père de Jess.) Ce bleu et ce blanc, c'est ravissant.

– Tim l'a complètement rénovée, dit Phil.

Heureusement, il ne l'avait pas appelé Timbo. Ça aurait été déplacé.

– Quand tu l'as achetée, ce n'était qu'un vieil entrepôt en ruine, hein, Tim ?

Le père de Jess parut tout à coup libéré du sort qui l'immobilisait. Il cligna des yeux comme quelqu'un qui s'avance dans le soleil.

– Oui, c'était un vieil entrepôt à sardines. À l'abandon depuis des années. On voyait le ciel par les trous du toit. C'est pour ça que je l'ai acheté si peu cher.

– Et vous avez tout fait tout seuls ? demanda la mère de Jess, s'adressant toujours à Tim et à Phil.

Jess prit la décision de prendre sa mère dans ses bras au plus vite. Priorité haute.

– C'est Phil qui a tout imaginé, dit le père de Jess. C'est un génie du bricolage.

– Et c'est Tim qui a fait toute la déco.

– Même si je déteste peindre les plafonds. J'ai le vertige !

– Tu as toujours peur de tout ! renchérit la mère de Jess, avec un grand sourire. Mais peut-être qu'il est devenu plus courageux avec le temps ?

– Oh non ! La semaine dernière, il a même eu peur d'une boule de glace à la vanille !

– Il faut dire, expliqua le père de Jess, que parfois la glace à la vanille fait mal aux dents. Je n'avais pas envie de hurler en pleine salle de cinéma.

Tout le monde éclata de rire. L'atmosphère se détendit. La lumière du soir baignait le parquet peint en bleu.

– Bon, je crois que je vais aller me changer, dit le père de Jess en ramassant ses vêtements, je me sens un peu ridicule dans mon accoutrement de magicien.

– Et moi, je crois que je vais me débarrasser de ma minijupe, dit Fred en reposant sa perruque sur son perruquier. La prochaine fois, je me déguise en tortue. Je peux utiliser la salle de bains ?

– Bien sûr. Madeleine, vous voulez une tasse de thé ? demanda Phil.

– J'en rêvais. Avec plaisir !

– Dans ce cas, accompagnez-moi à la cuisine. Et vous, madame, dit-il en s'adressant à Jess, retirez-moi ces faux seins, on dirait une matrone !

Fred et le père de Jess allèrent se changer et Phil conduisit Madeleine au rez-de-chaussée. L'atelier fut tout à coup vidé de ses occupants. Jess retira sa perruque de Marilyn. Elle avait les cheveux plaqués sur le crâne. Elle enleva les épingles et s'ébouriffa les cheveux pour qu'ils retrouvent leur désordre habituel.

Elle se regarda dans le miroir. D'une certaine manière, elle était soulagée de retrouver sa drôle de chevelure, même si on aurait dit des algues emmêlées. Puis elle retira sa robe de Marilyn et son soutien-gorge rembourré. Son corps apparut. Sans les faux seins, elle se sentait presque mince. Elle n'était pas si mal que ça, en fait.

Jess se sentit envahie par un sentiment merveilleux : le soulagement. Finalement, tout était bien qui finissait bien. Jess savait enfin pourquoi ses parents s'étaient séparés. Elle ne se ferait plus de souci à la pensée que son père vivait seul. Sa mère avait été gentille avec Phil. Et en se regardant dans le miroir de son père, Jess se dit que, finalement, elle n'était pas si mal que ça. Banale, et alors ? Fred avait accompli un véritable périple pour la rejoindre. Elle devait donc bien avoir un peu d'intérêt. Elle lança un sourire à la petite brune dans le miroir, et fila dans l'escalier.

36

Quand Jess arriva dans la cuisine, Phil, toujours en costume de grenouille, écoutait sa mère raconter sa journée. Ils levèrent tous les deux la tête.

– Thé, café ? Cacao, tisane ? Coca ? Limonade à l'ancienne ? Eau ? proposa Phil.

– Je veux bien de la limonade à l'ancienne, répondit Jess.

Elle s'assit près de sa mère, mais comme elles étaient chacune sur une chaise, elle ne pouvait pas la prendre dans ses bras. Sur un banc, ç'aurait été plus facile.

– Qu'est-ce que tu bois, maman ?

– Un thé à la pomme et au gingembre.

– Ça sent bon. Mais je n'aime pas trop les trucs infusés. Flora adore, elle est plus mûre que moi dans ses goûts. Elle aime même Beethoven !

– Tu as eu des nouvelles de Flora récemment ? demanda sa mère.

– Oui, elle s'amuse beaucoup à Riverdene. Les blondes ont le sens de la fête, il paraît.

– Ce n'est pas toujours vrai, dit Phil en posant un verre de limonade devant Jess. (Les glaçons tintèrent contre le verre, où un petit quartier de citron vert flottait à la surface.) Les blondes peuvent être très ennuyeuses, et elles vieillissent mal. Nous, les bruns, on est plus ténébreux.

Jess but une gorgée. La limonade était délicieuse.

– Que c'est bon ! Merci !

– J'ai été barman pendant un temps, expliqua Phil. Sur un bateau de croisière. J'ai fait tout le tour de la Méditerranée.

Phil avait décidément tout fait.

– Ce devait être formidable ! Et quelles villes avez-vous visitées ? s'enquit la mère de Jess.

– Naples, Gênes, Gibraltar, Tunis, Le Caire…

– J'ai toujours rêvé d'aller là-bas, soupira la mère de Jess. Peut-être que je devrais me trouver un boulot sur un bateau de croisière, mais je ne saurais pas quoi y faire. En tout cas, je ferais une très mauvaise barmaid.

Le père de Jess et Fred arrivèrent dans la cuisine.

– Ça c'est sûr ! renchérit Jess. Pour maman, un cocktail, ça se limite à une tasse de thé avec un gâteau désintégré au fond.

– Je suis une abominable cuisinière, reconnut-elle. Tu te souviens de cette tourte au mouton que j'avais inventée, Tim ? (Le père de Jess fit la grimace.) Je me suis dit que le ketchup irait bien avec les pommes de terre. Et puis, je l'ai fait cuire trop longtemps. On a appelé ça la « tourte aux boutons ».

– Il faut dire qu'on a été malades pendant plusieurs jours, conclut le père de Jess.

Le silence revint pendant que Phil préparait un café pour Tim et un verre de Coca pour Fred.

– Et comment allait mamy aujourd'hui, maman ? demanda Jess.

Elle se sentait un peu coupable d'avoir sauté dans le bus pour Saint-Ives en laissant sa mamy toute seule toute la journée. Même si c'était ce qu'elle désirait.

Sa mère soupira.

– Elle n'avait pas trop le moral quand je suis rentrée. Toujours cette histoire de cendres. Je crois qu'elle a fini par s'attacher à cette urne. Et maintenant qu'il faut disperser les cendres dans la mer, elle trouve ça plus difficile que ce qu'elle avait imaginé. Elle tient vraiment à les disperser, mais elle a envie de faire ça en privé. Je crois qu'elle a peur de pleurer devant tout le monde. Et aussi, s'il y a du vent, que les cendres s'éparpillent sur la terre. Du coup, elle est triste de manquer de courage.

– Pourtant, elle est très courageuse ! Pauvre mamy ! Dans cette urne, il y a l'amour de sa vie !

Tout à coup, Jess chercha Fred des yeux. Heureusement, il était encore là, bien vivant.

– J'ai une proposition à vous faire, dit Phil.

Vous croyez qu'elle accepterait de venir en bateau avec moi ? On pourrait aller disperser les cendres en mer. Ce serait plus intime comme cérémonie.

Le visage de Madeleine s'éclaira.

– Vous avez un bateau ? Mais c'est merveilleux ! Vraiment, on pourrait faire ça ? Elle va être enchantée ! Merci beaucoup, Phil !

Les adultes se mirent à discuter de la sortie en mer. Et décidèrent de la faire dès le lendemain, à condition que mamy soir d'accord. Jess trouvait génial que Phil résolve ainsi le problème de sa mère. À croire qu'un magicien annulait tous les ennuis les uns après les autres, que la lune changeait et que la chance tournait.

Il ne restait plus qu'un souci à Jess. Elle était ravie que sa mère n'ait pas piqué de colère. Quand elle avait frappé à la porte, Jess avait craint qu'elle casse tout. Elle était terrifiée à l'idée que sa mère fasse une crise. Dieu savait pourtant qu'elle en était capable. Elle avait tant de colère rentrée.

Pourtant, sa mère s'était montrée calme et amicale. Et ça avait vraiment été gentil d'apporter des affaires pour Jess. Mais allez savoir si, en elle-même, elle n'était pas en train de bouillir ? C'était quelqu'un de très bien élevé. Jess ne l'avait jamais vue faire de scène en public. Elle réservait en général ses explosions pour les tête-à-tête avec Jess. Peut-être que, sous ses sourires, elle était toujours furieuse ?

Jess n'avait que deux solutions : soit ne plus jamais se retrouver seule avec sa mère (tentant, mais pas facile) soit, au contraire, provoquer le plus vite possible un tête-à-tête pour connaître le fond de sa pensée.

Cette soirée était si magique que Jess craignait qu'une fois seules, sa mère arrache son sourire dans un horrible bruit de Velcro. En fait, elle risquait de s'arracher le visage tout entier pour se transformer en dragonne crachant des flammes.

« Cette fois, tu as dépassé les bornes ! » rugirait-elle alors que des étincelles lui jaillissaient des yeux et creusaient des cratères dans la chaussée. « Espèce de fille fausse, de menteuse, de traînée ! » Ses cheveux se transformeraient en serpents sifflants sur sa tête. De la vapeur s'échapperait de ses oreilles et provoquerait un nuage de soufre qui stagnerait pendant des jours au-dessus des Cornouailles. Les navires s'échoueraient sur les rochers. Les arbres dépériraient. Les yeux des ours en peluche tomberaient tout seuls.

– Bon, dit sa mère dans le monde réel. C'était très agréable, mais je vais rentrer maintenant. Merci pour le thé et le tour en bateau demain, Phil. On se retrouve donc à onze heures ?

Phil acquiesça.

– J'aurai eu le temps de décorer le *Peggy Sue*. J'ai déjà vu des funérailles en gondole à Venise.

– C'est assez romantique, il faut bien le dire, dit la mère de Jess.

– Où es-tu garée ? demanda son père, toujours prêt à rompre une atmosphère pleine de charme avec des détails pratiques.

– Sur le parking de l'Île.

– Je te raccompagne à la voiture, maman.

Sa mère salua tout le monde, même Fred, avec gentillesse. Elle déposa un baiser sur la joue de son père. Phil la prit dans ses bras, une étreinte dont elle ressortit rouge mais ravie. Et elles se dirigèrent vers la porte.

Les trois hommes leur firent un signe d'adieu sur le seuil tandis qu'elles s'éloignaient dans la ruelle. Jess sentit la terreur l'envahir et se prépara aux serpents, aux éclairs de rage et au soufre. Mais sa mère ne dit rien. Elle se contenta de passer son bras sous celui de Jess et elles partirent vers le parking.

– Maman, tu n'es pas en colère ?

– En colère ? Non, pourquoi ? Je me sens juste un peu coupable.

– Coupable ? répéta à son tour Jess, étonnée. Coupable de quoi ?

– De ne jamais avoir réussi à te parler de ton père, répondit-elle avec un soupir. J'aurais dû tout te dire il y a bien longtemps.

– C'est vrai, pourquoi tu ne l'as pas fait ? Je

ne t'en veux pas, mais ça aurait été tellement plus facile pour nous, et pour papa aussi, si j'avais été au courant.

– On aurait dû se montrer plus forts, dit sa mère. Ton père et moi n'arrêtions pas d'en discuter. Je ne savais pas à quel âge tu serais assez grande pour l'accepter. Je voulais toujours t'en parler, mais d'une certaine manière, le bon moment ne venait jamais. J'ai essayé, il y a quelques jours, quand nous sommes allées visiter le cottage de Lawrence d'Arabie, puis dans le parc à Penzance, mais au dernier moment, j'ai perdu courage.

– Eh bien, maintenant tout va bien, dit Jess. Plus besoin de s'inquiéter de ça.

– J'avais peur que tu sois horrifiée.

– Ça a été le cas, mais ça n'a pas duré. Maintenant, je suis ravie ! C'est tellement mieux que s'il avait eu une nouvelle femme et un bébé ! Ça aurait été atroce ! Au lieu de ça, il est gay ! Trop cool ! Attends que je raconte ça à mes amies ! Elles vont être tellement jalouses !

– Dans ce cas, tout va bien, dit sa mère en poussant un immense soupir, comme si on lui enlevait un poids énorme des épaules.

– Tu es sûre que… tu n'es pas en colère pour Fred ? demanda Jess, le cœur battant. Je ne savais vraiment pas qu'il serait là. C'était une vraie surprise.

– C'est plutôt extravagant de sa part.

Jess était contente qu'elles marchent côte à côte, et qu'elle ne soit pas obligée de regarder sa mère en ce moment crucial.

– Oui, Fred est plutôt quelqu'un d'extravagant, dit Jess.

– Il a voulu t'impressionner, non ?

– Il est comme ça, dit Jess.

Son cœur battait à tout rompre. Jess était sûre qu'il était audible dans toutes les Cornouailles.

– En fait, Fred est, même si le mot est un peu bête… mon petit ami.

– Je m'en doutais, dit sa mère. Je ne suis pas née de la dernière pluie, tu sais.

Il y eut un silence terrible. Elles continuèrent à marcher vers le parking. Jess se prépara à ce que sa mère allait dire sur Fred.

– Eh bien, soupira-t-elle, comme on dit, *c'est la vie*… (Mais pourquoi, dans un moment comme celui-ci, sa mère se sentait-elle obligée de parler en français ?!) *Que sera sera*, ce qui doit être sera. Ça, c'est de l'espagnol.

– Es-tu en train de me dire en différentes langues européennes que tu n'as rien contre ?

– Je dis que ce moment devait bien arriver un jour ou l'autre et, comme je suis en vacances et d'assez bonne humeur, je ne vais pas me laisser embêter par ça.

Elles arrivèrent à la voiture, et sa mère se tourna vers Jess. Elle avait rajeuni de dix ans.

– Je suis vraiment contente que tu sois venue, dit Jess.

– Moi aussi. Je me suis dit que pour une fois, j'allais agir sous le coup de l'impulsion. Dans le feu de l'action. Et puis, il te fallait ton pyjama et tout ça, j'avais donc une bonne excuse. J'espère que ça n'a pas gâché la soirée.

– Bien sûr que non, c'était génial !

Jess se jeta au cou de sa mère et la serra plus fort qu'il ne se vit jamais dans toute l'histoire du serrage entre une mère et sa fille. Et sa mère la serra encore plus fort.

Pour finir, elles se détachèrent. Et restèrent immobiles, la larme à l'œil.

– Tu es jolie, comme ça, maman, dit Jess.

– Toi aussi, ma chérie.

Puis elle se mit au volant, démarra et s'éloigna en agitant la main. Jess la regarda disparaître. Elle avait l'air si petite, si touchante. Des larmes coulaient sur les joues de Jess. « Je vous en supplie, faites qu'il ne lui arrive jamais rien, dit-elle tout doucement. Qu'elle soit toujours heureuse, toujours. »

37

De retour chez son père, Jess trouva Phil et Fred dans la cuisine. Son père passait l'aspirateur. Quand elle arriva, il l'éteignit. Tous la dévisagèrent.

– Alors, elle était furieuse ?

– Non. C'est étrange, mais elle était très calme, déclara Jess.

– Elle doit m'en vouloir, non ? dit Fred.

– Pas du tout. Je lui ai annoncé que tu étais mon chevalier servant, et elle n'a pas sourcillé, dit Jess. Je crois vraiment que maman a passé une excellente soirée, et que tout est réglé. En tout cas, dans son esprit.

– Alors c'est merveilleux, dit son père. Mais j'ai vraiment eu peur qu'elle te fasse passer un sale quart d'heure.

– On avait préparé le brancard. Et le masque à oxygène.

– Je croyais vraiment qu'elle allait me dévorer toute crue, mais parfois, les gens nous surprennent, conclut Jess.

– Moi, je l'ai trouvée adorable, dit Phil.

– Son problème, c'est qu'elle n'a pas confiance en elle.

– C'est à cause de moi, dit le père de Jess.

– Mais non, Timbo, pas de culpabilité déplacée ! On était d'accord ! Tu n'avais le droit d'être coupable que le jeudi entre quatre et cinq heures !

– Oui, papa, ne sois pas stupide. Maman et toi, vous êtes séparés depuis si longtemps. Elle a eu des années pour s'en remettre. Elle est sortie avec quelques types quand j'étais petite, mais jamais rien de très sérieux. Je suis sûre qu'elle va rencontrer quelqu'un un jour. Quelqu'un qui lui convienne.

– Elle est pourtant charmante, dit Phil. Comme notre chère petite Jess. Brune et futée.

– Dans un monde idéal, Phil devrait maintenant annoncer qu'il a un frère n'ayant jamais trouvé la femme idéale…

– Oui, renchérit le père de Jess. Un beau pêcheur aux yeux gris…

– Eh bien, je suis désolé, mais je n'ai pas de frère ! dit Phil. Ni même d'ami libre.

– Ou alors un ami qui s'occupe de son vieux père. Comme ça, mamy aurait elle aussi sa petite aventure, dit le père de Jess.

– Je ne crois pas que mamy soit un jour intéressée par un autre homme, fit Jess. Grand-père était l'amour de sa vie. Elle lui reste très attachée.

À nouveau, Jess croisa le regard de Fred. Elle avait très envie de se retrouver en tête à tête avec lui. Juste pour les soixante-dix années à venir.

– Peut-être que c'est une des raisons qui font que ta mère manque de confiance en elle, dit Phil. Si le mariage de ses parents a été un tel succès.

Jess n'y avait jamais pensé. Bien sûr ! Sa pauvre mère devait se sentir encore plus nulle devant ses parents qui s'étaient toujours aimés autant.

– Il faut qu'elle reprenne confiance en elle, dit Phil. C'est une femme très attirante. Tu ne crois pas, Timbo ?

– Je te rappelle quand même que je l'ai épousée, fit remarquer le père de Jess. En sachant que je suis gay, il faut en conclure qu'elle valait le détour !

– Je pourrais lui faire un relooking, proposa Phil. Avec une jolie coupe de cheveux, de beaux vêtements et des lentilles de contact, elle deviendrait le sosie de Ruby Wax.

– Non, non ! fit Tim. D'accord, elle est petite et brune. Mais Ruby Wax est extravertie, tout l'opposé de Madeleine.

– Moi, je trouve qu'elle ressemble à Jane Austen, dit Fred.

– Fred ! Tu es génial ! C'est génial ! s'écria Jess.

– Et à quoi ressemblait Jane Austen ? demanda Phil.

– À la mère de Jess. Il y a une portrait d'elle sur la couverture d'*Orgueil et préjugés*.

– Je ne savais pas que tu avais lu *Orgueil et préjugés*, Fred, dit Jess, stupéfaite.

– Pour être honnête, c'est ma mère qui le lit. Mais j'ai vu le film. Bien sûr, vous l'aurez compris, je suis Mr Darcy, fit-il en rejetant la tête en arrière et en lançant à Jess un regard aristocratique.

Jess partit dans un éclat de rire et lança :

– Imbécile ! On dirait un dromadaire.

La longue journée d'été touchait à sa fin. Ils allèrent se promener sur la plage. Il faisait presque nuit, et les vagues roulaient, blanches et féroces, sous le clair de lune.

– Bon, annonça Phil, je vais voir ma mère maintenant. Et il faut que je me lève tôt pour préparer le *Peggy Sue* à cette drôle de sortie en mer !

Il les quitta à hauteur de la galerie en leur faisant signe de la main. Il n'avait pas embrassé le père de Jess ni rien. C'était délicat de sa part.

– Bon, dit le père de Jess quand ils atteignirent la maison. Je vais préparer le canapé pour Fred. Pendant ce temps, vous pourriez peut-être aller jeter un coup d'œil aux étoiles sur la terrasse tous les deux, qu'est-ce que vous en pensez ?

– C'est obligé ? protesta Jess. Je préférerais rester ici pour parler littérature !

– On pourrait peut-être discuter astronomie là-haut, proposa Fred.

– D'accord, fit Jess en se dirigeant vers l'escalier. Quelle est ton étoile favorite ?

Ils arrivèrent sur le toit. Illuminé par le clair de lune. Fred l'enlaça avec ses longs bras de singe.

– C'est toi. Mon étoile favorite, c'est toi. Je viens de passer le plus beau jour de ma vie.

Son cœur battait fort dans sa poitrine. Ils entamèrent un long, très long baiser. Et arrêtèrent, à bout de souffle.

– Juste après le jour où Man United a remporté la Coupe d'Europe, bien sûr, précisa-t-il.

Jess lui donna quelques coups de poing, puis décida d'enfouir son nez dans son cou.

– Tu sens bon, dit-elle.

Sa peau et ses cheveux avaient une légère odeur épicée. C'était l'odeur de Fred. Jess se demanda si, toutes ces années plus tôt, quand son grand-père et sa mamy s'embrassaient au clair de lune, son grand-père sentait aussi bon.

Ils finirent par descendre. Jess souhaita une bonne nuit à son père et se retira dans sa chambre. Elle adorait cet endroit. La pièce était simple, propre, bleue et blanche. Elle se déshabilla et jeta ses vêtements partout. Histoire de rendre la chambre parfaite. Elle ouvrit le sac que sa mère lui avait préparé. Il contenait son pyjama, des chaussettes propres, un pantalon et son tee-shirt bleu préféré, sa trousse de toilette, des mouchoirs et un petit cadeau du jardin que sa mère avait visité : des doses de bain moussant et de crème hydratante.

– Maman ! cria-t-elle tout fort. Tu es merveilleuse !

Puis Jess alluma son portable, et y trouva un message de Flora.

SALUT DÉSOLÉE PAS DONNÉ DE NOUVELLES. M'AMUSE BEAUCOUP ICI. RENCONTRÉ GARCON GÉNIAL DAVE. COMMENT VA TON PÈRE ?

Jess répondit à la hâte.

SUIS CHEZ LUI. DEVINE QUOI. G RENCONTRÉ SON PETIT COPAIN ! ON A PASSÉ UNE JOURNÉE FORMIDABLE. MÊME MA MÈRE EST COOL.

Un message arriva sur-le-champ.

QUOI ??? TON PÈRE EST GAY ? QUELLE CHANCE ! AIMERAIS BIEN QUE MON PÈRE LE SOIT AUSSI.

Jess composa un nouveau message sur son clavier.

ET FRED M'A REJOINTE À SAINT-IVES. HALLUCINANT! TOTALE SURPRISE. VENU EN STOP JUSTE POUR ME VOIR!

DOIT ÊTRE AMOUREUX, répondit Flora. JE FILE. G RV AU FEU DE CAMP POUR UN BAISER. T'ÉCRIS DEMAIN. FLO +++

Jess poussa un soupir de satisfaction et éteignit son téléphone avant de se coucher. Cela faisait des années qu'elle ne s'était pas sentie aussi bien. Bientôt, elle rêvait qu'elle était poursuivie dans des rues désertes par un homme avec une pizza à la place de la figure. Elle ne réussit à s'échapper qu'à la dernière seconde en prenant son envol. Les rêves étaient vraiment bizarres, parfois.

38

Le lendemain, la mère de Jess revint avec sa mamy et l'urne. Elles devaient attendre à la maison que la marée soit haute. Mamy embrassa affectueusement le père de Jess et lui dit qu'elle était ravie de le voir. Il eut l'air enchanté et lui offrit un scone au fromage tout juste sorti du four.

– Où est cet adorable Phil dont j'ai tant entendu parler ? demanda mamy en regardant tout autour d'elle.

Tim rougit.

– Il prépare le bateau, répondit-il.

Assis sur le canapé, ils évoquèrent le défunt mari de mamy. Tim s'entendait très bien avec lui. Ils avaient un jour construit ensemble une cabane au fond du jardin pour grand-père. Tim avait peint des fleurs dessus pour qu'elle se confonde dans la haie de roses, et il avait ajouté, par fantaisie, une tête de chat dans le feuillage.

Sa mère monta sur la terrasse avec Jess et Fred. Jess apporta un plateau avec du thé. Elle savait maintenant où trouver les ustensiles dans la cuisine de son père. C'était agréable de se sentir chez elle. Comme si elle habitait là.

– La maison de papa est si jolie, soupira sa mère comme Jess posait le plateau. Cette terrasse, la vue sur les toits…

– Notre maison aussi est très jolie, maman.

– Tu trouves ? dit sa mère d'un air anxieux. Parfois, elle est dans un tel désordre…

– C'est parce qu'on n'est pas aussi ordonnées que papa, justifia Jess. Mais on pourrait repeindre le salon en bleu et blanc, si tu veux.

– Peut-être. Il a vraiment besoin d'un bon coup de peinture. Mais je repousse toujours le moment, parce que je déteste peindre le plafond.

– Je viendrai vous aider, si vous voulez, proposa Fred. J'ai le bras long, autant s'en servir.

– Oh, Fred, comme c'est gentil ! dit la mère de Jess. Ce serait formidable !

Les yeux de Madeleine s'illuminèrent, et elle s'affaira autour du thé d'un air gêné, soulevant le couvercle de la théière, remuant les tasses.

– Laisse cette théière tranquille ! dit Jess d'un ton joyeux. Pour une fois, tu ne fais rien ! C'est moi qui m'occupe de tout.

Jess servit le thé et leur offrit des scones.

Ils burent leur thé en savourant les délicieux gâteaux au fromage de son père. Personne ne parlait. L'atmosphère était détendue et paisible.

Le soleil monta dans le ciel, mais ils étaient à l'abri du store que son père avait installé.

Il restait un seul scone sur l'assiette, tout doré.

– Maman, il est pour toi !

– Non, pour toi, Fred.

– Non, je vous le laisse.

– Qu'est-ce qu'on est polis ! fit remarquer Jess. Mais j'ai une bonne nouvelle, il y en a plein d'autres dans la cuisine.

– Dans ce cas, je vais les chercher, annonça Fred en s'élançant dans l'escalier.

La mère de Jess bâilla, s'étira et se passa la main dans les cheveux. Toute son anxiété semblait avoir disparu.

– Comment va Flora ? demanda-t-elle.

– Bien, très bien, répondit Jess.

– Tant mieux, c'est une fille adorable.

– Je crois que mon problème avec Flora, c'est que j'ai toujours été un peu jalouse d'elle. C'est dur d'avoir une amie qui ressemble à une déesse.

– N'importe quoi ! s'exclama sa mère. D'accord, elle est belle, mais toi aussi, à ta manière !

– À notre manière, dit Jess. Je te ressemble, maman. Et devine ce que Fred m'a dit hier soir ?

La mère de Jess se crispa, comme si Jess allait lui annoncer une déclaration d'amour ou une demande en mariage.

– Quoi ?

– Que tu étais le portrait craché de Jane Austen ! lâcha Jess en baissant le ton car elle entendait Fred revenir avec les scones.

– Jane Austen ? répéta sa mère, ébahie, comme si elle avait mal entendu et que Fred avec dit Jane Mostyn ou Shane Frosting.

Jess hocha vigoureusement la tête. Fred surgit sur la terrasse et offrit un scone au fromage à la mère de Jess. Qui l'accepta.

– Oh, merci Fred ! Tu es adorable ! dit-elle avec un sourire éblouissant.

Fred eut l'air ahuri. Quand il avait parlé de Jane Austen, il ne croyait pas si bien dire.

« Pour séduire une bibliothécaire de quarante ans, pensa Jess, il suffit de lui dire qu'elle ressemble à Jane Austen. » Elle voyait bien, à la façon dont sa mère regardait Fred, qu'à partir de maintenant, elle le vénérerait toujours. Elles seraient deux, désormais.

À marée haute, ils se rendirent tous au port à pied. Le père de Jess portait l'urne. Ils descendirent la jetée. Le bateau de Phil les attendait au bas de marches en pierre qui plongeaient dans la mer. Il était entièrement vêtu de blanc, et le bateau était décoré de fleurs blanches.

– Oh, mon Dieu ! s'exclama mamy. Comme c'est beau ! J'en ai le souffle coupé !

Les parents de Jess aidèrent sa mamy à monter dans le bateau. Phil lui tint la main, la mit à l'aise et l'aida à passer un élégant gilet de sauvetage. Il avait été décidé que mamy partirait seule en mer avec lui.

Phil attacha l'urne de Grand-père à la proue et la décora de fleurs blanches et de rubans blancs. Puis il mit le moteur en route. Mamy s'agrippa au rebord et leur fit un geste de la main avec un sourire, comme si elle partait en promenade. Phil fit une sorte de salut de marin et guida le bateau hors du port avant de mettre les gaz dans la baie. La mer était d'huile. Ils attendaient tous sur le quai. La mère de Jess sortit son mouchoir pour s'essuyer les yeux. Son père lui passa délicatement le bras autour des épaules.

Jess fut heureuse de voir ses parents si proches. Et elle prit conscience qu'elle était à jamais libérée de l'entêtant désir de les réconcilier. C'était maintenant impossible. Autant vouloir marier une perruche à un cabillaud.

Fred s'approcha d'elle. Il ne l'entoura pas avec ses bras, mais leurs peaux se frôlèrent. Jess sentait la chaleur de Fred. C'était merveilleux. Quelle chance qu'il ne soit pas un reptile ! Jess eut un instant pitié des crocodiles au sang froid. Ça devait être atroce.

Ils regardèrent le petit bateau filer jusqu'au centre de la baie, puis s'immobiliser. Ils étaient trop loin pour bien voir, mais ils observèrent en silence. Les mouettes criaient et le soleil se reflétait sur la mer. Jess était secrètement soulagée de ne pas se trouver sur le bateau. Elle aurait eu trop peur de vomir en Technicolor sur le pantalon blanc de Phil.

Au bout d'un moment, le bateau fit demi-tour. Quand il s'approcha, ils virent que mamy avait une fleur blanche dans les cheveux. Jess sourit.

Ils se regroupèrent sur les marches pour aider mamy à descendre du bateau. Elle avait les yeux un peu rouges, mais un grand sourire.

– On a vu un dauphin. Il m'a fait penser à grand-père.

– J'ai une idée, dit papa. Dès que je reviens à mon atelier, je commence un portrait de grand-père. Assis devant sa cabane, comme souvent.

– Quand il en avait marre de m'entendre parler ! dit mamy. Quelle bonne idée ! Il faudrait le représenter avec sa vieille veste en tweed verte. Sa préférée.

– Pour l'instant, que diriez-vous d'un bon *Fish and Chips* ? lança Phil. On le ramène à la maison et on ouvre une bouteille de champagne ?

– Formidable ! s'écria la mère de Jess.

39

Après le déjeuner, aucun adulte ne semblait plus avoir besoin de soutien ni de conseils. Phil partit au travail. La mère de Jess s'installa sur la terrasse dans une chaise longue et s'endormit. Mamy et le père de Jess parcoururent un vieil album de photos à la recherche de clichés de grand-père.

– Viens, murmura Fred à l'oreille de Jess. On va à la plage !

– Oh oui, excellente idée ! Mais tu dois me promettre de ne pas regarder mon ventre quand tu me verras en bikini !

– Et toi de détourner le regard de mes jambes maigres, dit Fred. Je crains de me faire ridiculiser par le premier sportif venu !

Jess récupéra son maillot de bain et deux serviettes. Sa mère lui avait fait promettre qu'ils s'enduiraient mutuellement de protection solaire indice 30.

– Maman… soupira Jess, comme si c'était la chose la plus pénible au monde.

Alors qu'elle n'attendait que ça : étaler de la

crème solaire sur le dos de Fred. Elle en rêvait comme un chat devant une sardine sur la table de la cuisine.

Ils partirent. Le soleil éclairait les ruelles comme s'ils s'étaient offert le pack « sable, soleil et surf ».

– Je suis tellement heureuse que c'en est inquiétant ! s'écria Jess. J'ai peur qu'un échafaudage nous tombe dessus !

– On devrait peut-être courir, proposa Fred. Histoire d'éviter les échafaudages.

Il la prit par la main et la serra si fort que ses doigts craquèrent. C'était pour l'instant le plus beau jour de sa vie. Avec toutefois quelques doigts brisés.

La plage était bondée mais immense, et ils trouvèrent un coin assez discret à quelques mètres d'une famille qui se disputait et d'obèses qui jouaient au badminton. Le paradis sur terre.

– Bon, annonça Jess. Il faut maintenant que j'aille me mettre en maillot de bain.

– Je t'attends. J'ai enfilé le mien sous mon jean. (Fred retira son pantalon et exhiba un joli short de bain gris.) Je garde mon tee-shirt pour l'instant. Je déteste mes tétons, et j'ai trop peur qu'à l'instant où tu les voies, tout soit fini entre nous.

– Tu ferais mieux d'apprendre à les aimer, Fred. Donne-leur un nom. Comme si c'étaient des animaux de compagnie. Pour moi, ça a très bien fonctionné.

Fred déplia les serviettes de plage côte à côte et s'allongea en lançant :

– Dépêche-toi ! Et tant que tu y es, rapporte-nous des glaces. Pour moi, cacahuètes et chocolat.

Jess partit à la recherche des toilettes. Saint-Ives avait quatre plages, et son père lui avait dit que celle-ci était la meilleure. La colline verte se dressait non loin. Même sans cocotiers, c'était magnifique, ce qui ajouta à la joie débordante de Jess.

Les toilettes étaient géniales, aussi. L'odeur de désinfectant resterait à jamais gravée dans sa mémoire. Elle en achèterait pour se parfumer lors de futurs rendez-vous amoureux. Elle enfila son bikini. Lequel, belle erreur, était jaune avec des pois bleus. L'avantage : il couvrait presque toute la surface de ses fesses. Mais Fred n'aimerait-il pas qu'elle ait un string en lamé doré ? Cela dit, c'était hors de question : elle devait avant tout contenir son derrière.

À l'aide de deux grands miroirs, Jess avait un jour décidé que ses fesses ressemblaient à deux chauves qui se murmuraient des histoires à l'oreille. Ce handicap ne pourrait être dissimulé que par un tatouage du planisphère mondial, les Amériques sur une fesse et l'Afrique sur l'autre. Le string attendrait.

Elle rangea ses vêtements dans son sac à dos, enfila ses tongs et s'aventura hors des toilettes. Trois femmes qui faisaient la queue lui lancèrent des regards furieux pour avoir attendu si longtemps.

– Désolée, marmonna-t-elle en s'échappant.

Le soleil chauffa aussitôt sa peau. Jess savait ne disposer que de quelques minutes avant de brûler. Elle devait rejoindre Fred et l'obliger à lui mettre de l'indice 30. Mais avant, il lui fallait trouver des glaces.

Le vendeur de glaces n'avait pas de parfum cacahuètes ni chocolat, Jess prit donc deux énormes cônes surmontés de chantilly qui penchait dangereusement. Puis elle se mit à chercher Fred sur la plage en clignant des yeux à cause du soleil. Le cœur de Jess se mit à battre à toute allure. Il avait disparu ! Elle parcourut la plage des yeux. Fred n'était plus à l'endroit où elle l'avait laissé. Là où elle pensait le trouver, un couple discutait. « Ne panique pas, pensa Jess en léchant les deux glaces qui fondaient déjà au soleil. Peut-être qu'il est juste parti nager. »

Elle observa les gens dans la mer. Et parmi les têtes, ne reconnut pas celle de Fred. Et s'il s'était noyé ? Quelques minutes plus tôt, Jess était au paradis et, tout à coup, elle se retrouvait en enfer.

Elle s'avança sur la plage en léchant de temps

en temps les glaces tout en réfléchissant à ce qu'elle porterait à l'enterrement de Fred. Elle décida de se diriger malgré tout vers leurs serviettes. Peut-être que quelqu'un l'aurait vu partir. Pas très loin, il y avait un couple, le type assis sur sa serviette, la fille debout. Jess allait les interroger.

À mesure qu'elle avançait, Jess observa attentivement le couple. Le type, c'était Fred ! Qui parlait à une fille ! Une blonde, mince, bien sûr, bronzée et, à moins que les yeux de Jess lui jouent des tours, en string doré. La salope exposait son joli petit corps ferme sous les yeux de son homme ! Ses cuisses dorées étaient à dix centimètres du regard hypnotisé de Fred !

Mais qu'est-ce qu'il s'imaginait ? Jess allait commettre un meurtre ! Deux, même, tuant aussi la fille avec sadisme. Le temps qu'elle enfile un bikini, Fred s'était trouvé une nouvelle copine ! Jess s'avança d'un pas furieux. Fred avait retiré son tee-shirt. La blonde en string était donc autorisée à voir ses tétons, elle ! C'était vraiment le pire jour de la vie de Jess !

40

Un instant, Jess crut que la fille était Flora. Pourtant, c'était impossible, celle-ci étant à Riverdene, mais parfois l'esprit jouait de drôles de tours, surtout quand on passait du nuage numéro neuf au noir trou des enfers.

En la voyant, Fred prit un air coupable et fit une mimique gênée.

– Jess ! cria-t-il.

La belle blonde regarda dans sa direction et lui sourit. Mais d'un sourire faux qui cachait un désir de vous pousser du haut d'une falaise et de filer à Acapulco avec votre petit ami.

– Bon, je dois y aller ! dit la fille en se tapant les fesses, comme pour attirer l'œil sur leur courbe parfaite. J'irais bien nager, qu'est-ce que tu en penses ? demanda-t-elle en se tournant vers la mer, de toute évidence pour montrer sa chute de reins à Fred.

– Vas-y, l'encouragea Fred.

– OK, c'est parti ! Ma mère était championne de papillon, alors je pourrais tout de même faire un effort.

Et la fille s'en alla en balançant son joli petit cul jusqu'aux vagues.

– J'espère qu'elle va se noyer ! gronda Jess entre ses dents. Je ne peux pas te laisser seul une seconde ! Le temps que j'aille chercher des glaces, tu te mets à draguer une limande en string !

– Je ne draguais pas ! dit Fred en bondissant sur ses pieds. C'est elle qui est venue me voir ! Je n'y peux rien si d'autres femmes me trouvent irrésistible !

Et il souriait, l'ignoble. Il trouvait ça drôle !

Jess fut submergée de colère. Son corps tremblait de jalousie. En un instant, son bonheur était devenu enfer. Dès qu'elle avait le dos tourné, Fred draguait. Et il trouvait ça drôle !

Prise de folie, Jess lui planta les deux cônes de glace sur la poitrine. Un sur chaque mamelon. Un instant, on aurait dit un soutien-gorge pointu à la Madonna, puis les glaces tombèrent en laissant une traînée sur son short et ses jambes. Et atterrirent, immangeables, sur le sable.

– C'est malin, protesta Fred. Je rêvais de cette glace.

– Dans ce cas, lèche-toi la poitrine ! rétorqua Jess. Ou demande à ta jolie amie de le faire à ta place !

Mais Jess prit alors conscience qu'autour d'eux, tout le monde observait la scène. Et elle se sentit ridicule. Un instant, elle resta figée sur place. Elle était tout à coup la grande attraction de la plage. Pas moyen d'échapper à la méga-humiliation.

Si, il y avait un moyen ! Jess appela son ange gardien au secours : l'humour.

– Tu n'en as pas marre, Quentin ! lança-t-elle d'une voix de plus en plus hystérique. Je ne peux pas te faire confiance ! Il y a eu cette croupière à Las Vegas ! Comment s'appelait-elle déjà ? Rosie. Avec ce nez ridicule. Une fausse blonde, en plus ! Puis cette fermière en Suisse. Une grosse vache, oui !

Non loin, la famille éclata de rire. Le visage de Fred devint tout rouge et un horrible air embarrassé remplaça son sourire.

– Je t'avais juste demandé l'autorisation de lui toucher les pis ! protesta-t-il.

Il y eut de nouveaux rires dans le public. On pouvait faire confiance à Fred pour trouver des blagues crues.

– J'en ai assez ! lança Jess. Toi et tes pouffiasses, ça suffit ! À la maison, je t'enferme dans le placard !

– Non, non, pas le placard, supplia Fred.

– Si ! Six mois au placard, avec permission de sortie uniquement pour l'église ! Et avec un sac en papier sur la tête !

– D'accord, d'accord, la bonne du curé n'est pas mal.

– Quentin, ça suffit ! rugit Jess. Qu'on m'apporte mon fouet ! Je vais te flageller en public !

Fred poussa un cri désespéré et courut vers la mer. Jess le suivit en brandissant un fouet imaginaire. Et derrière eux, elle crut entendre des gens applaudir.

Elle plongea sans se retourner dans la mer à la suite de Fred, qui agitait les bras dans tous les sens. Jess le rejoignit et lui enfonça la tête sous l'eau. Fred disparut pour ressurgir à quelques mètres de là. Jess s'en prit de nouveau à lui en riant, mais il l'immobilisa en lui attrapant les bras. Il était incroyablement fort pour un gars qui passait la plupart de son temps couché sur un canapé.

– Pas mal, notre petit sketch, déclara Fred. Mais on devrait peut-être différer le lancer de glace à la fin. Et la prochaine fois, tu devrais m'envoyer une tarte à la crème.

– Fred, tu as une vision de la comédie trop sommaire ! Cette blague sur les pis de la fermière… Je préfère des répliques plus sophistiquées.

– Oui, mais les gens adorent les trucs salaces. Un public du bord de la mer, ce n'est pas facile à amuser.

Il lui attrapa les jambes sous l'eau. Jess lui donna des coups de pied. Elle était soulagée. Tout allait à nouveau bien.

Pourtant, elle voyait toujours la blonde par-dessus l'épaule de Fred. À une centaine de mètres de là, elle parlait, peut-être de papillon, à un type à la poitrine velue avec une chaîne en or couché sur sa planche.

« Quelle idiote je fais », pensa Jess. Sa jalousie avait bien failli tout gâcher.

– J'adore quand tu es jalouse ! dit Fred d'un air mesquin.

– Je n'étais pas vraiment jalouse.

– Si. Tu es devenue toute rouge.

– C'est juste que je joue bien la comédie.

– Tiens donc ! En tout cas, moi j'ai été terriblement jaloux. Toi et ce vendeur de glaces, vos regards langoureux par-dessus la chantilly !

– Fred ! Il avait au moins cent dix ans, il était chauve et édenté !

Fred la chatouilla sous les pieds. Jess plongea en hurlant de rire.

– Tu n'as pas le droit ! Tu n'as pas le droit ! hurla-t-elle. Arrête !

– Je continuerai tant que tu ne te seras pas excusée de ta colère ! Et d'avoir gâché ces glaces.

– Mais quel espoir j'ai face à ces bombes sexuelles ? Et cette Rosie, quand tu étais serveur ?

– Je n'aime pas les blondes, je préfère les petites brunes grassouillettes ! Surtout quand elles sont en colère. Et Rosie est le pur produit de mon imagination.

– Donc tu as vraiment tout fait pour me

rendre jalouse ! dit Jess en lui lançant de l'eau au visage.

– C'est plus fort que moi ! rigola Fred. Tu es si belle quand tu es furieuse. Tiens, c'était notre première dispute ! Pas mal, non ? J'attends la suivante avec impatience.

Et il l'embrassa en évitant de se noyer. Un exploit, sachant qu'aucun de leurs parents n'était champion de papillon.

– Je suis désolée de ma crise, dit Jess après le baiser. Mais j'aime bien la fin de cette dispute.

Jess devait s'y résoudre : il y aurait toujours de magnifiques blondes. Des filles bronzées aux cheveux dorés par le soleil. Sa mamy avait raison quand elle disait que la plage était un endroit dangereux.

Elle n'avait plus qu'à espérer que Fred persévère dans son goût étrange pour le négatif en noir et blanc que représentait Jess. Sans oublier l'indice 30 dès qu'ils seraient sortis de l'eau. Car le rouge ne lui allait guère, surtout sur le nez et les épaules.

Ils s'éloignèrent du bord en se laissant soulever par les vagues.

– Au secours, je n'ai plus pied ! cria Jess.

– Ce n'est pas grave, fais la planche et imagine que tu es un dauphin.

Fred lui attrapa les jambes et la fit tournoyer dans l'eau. Jess observa le ciel jusqu'à ne plus voir qu'une grande tache bleue.

L'histoire d'amour de Jess et Fred survivra-t-elle à la rentrée ? Découvrez un extrait de la suite de *16 ans ou presque, torture absolue* :

Extrait

16 ans, franchement irrésistible

– Je ne sais pas comment te dire ça, dit tout à coup Fred.

Il avait subitement l'air triste et bizarre. Le cœur de Jess rata un battement. Fred leva les yeux vers elle, la tête dans la paume de la main.

– Qu'est-ce qu'il y a ? le pressa Jess. Tu es malade ? Tu vas mourir ? Ne me fais pas ça, je n'ai rien à me mettre pour ton enterrement.

Elle plaisantait, pourtant, le ton de Fred l'inquiétait vraiment.

– Tu vas me détester, fit Fred.

– Je te déteste déjà plus que n'importe quel être humain sur terre. Alors vas-y, crache le morceau !

– En fait, dit Fred en roulant sur le dos pour regarder le ciel à travers les branches, j'ai peur de retourner au lycée.

– T'inquiète pas, c'est le cas de tout le monde ! lui assura Jess, même si, d'un certain côté, elle était ravie.

Elle attendait ce moment avec impatience. L'annonce de l'homosexualité de son père allait accroître sa popularité. Et, encore plus merveilleux, tout le monde saurait bientôt que Fred et elle sortaient ensemble. Elle était si fière qu'elle songeait à vendre son histoire aux magazines people.

– Non, je veux dire… hésita Fred en roulant sur le ventre. Je ne parle pas des cours et de la nausée qui en découle, sans oublier l'ennui. Ce qui me pose problème, c'est notre… relation.

Une flèche invisible jaillit dans les airs pour aller se planter dans le cœur de Jess.

– Qu'est-ce que tu veux dire ? le questionna Jess d'un ton qu'elle espérait détaché.

Mais sa question vint dans un râle, comme si elle était un poisson arraché à son cher étang et abandonné dans l'air brûlant.

– Je suis désolé de passer pour un salaud, dit Fred sans la regarder, mais à l'idée que tout le lycée va se moquer de nous… tu connais le genre de grosses blagues… Rien que d'y penser, j'ai envie de vomir mes derniers repas par-dessus le parapet.

– Arrête tes bêtises, dit Jess, dont la main commençait à trembler. Personne ne va se moquer de nous.

– C'est juste… reprit Fred d'une toute petite voix ridicule… que j'ai une réputation à préserver, ma chère. Mon identité, tu comprends ? Je suis le… ? Le solitaire excentrique. Si le lycée apprend qu'on sort ensemble, je risque de perdre toute crédibilité et d'être à l'avenir considéré comme un imposteur.

Les artères de Jess pompaient maintenant au maximum de leur capacité. Elle luttait aussi contre une terrible envie de fuir. Comment Fred pouvait-il dire ça ? Que savait-elle de lui, finalement ? Accorderait-il plus d'importance à sa réputation qu'à sa relation avec elle ?

— — — — — — — — — — — —

SUE LIMB est née à Hitchin en Angleterre en 1946. Après des études de littérature et de sciences de l'éducation à l'université de Cambridge, elle devient enseignante et anime des séminaires de littérature. Elle s'installe ensuite à Londres où débute sa carrière d'auteur. Elle a publié à ce jour une vingtaine de titres destinés aux adultes, aux adolescents, ainsi qu'aux enfants. Elle écrit également des scénarios pour la radio et la télévision qui connaissent un véritable succès en Grande-Bretagne. Pendant une dizaine d'années, Sue Limb a par ailleurs tenu une rubrique dans le supplément hebdomadaire du *Guardian*.

Retrouvez Sue Limb sur son site internet :

www.suelimb.com

Dans la collection

Pôle fiction

filles

Garçon ou fille, Terence Blacker
Ce que j'ai vu et pourquoi j'ai menti,
Judy Blundell
Quatre filles et un jean
Le deuxième été
Le troisième été
Le dernier été
L'amour dure plus qu'une vie
Toi et moi à jamais,
Ann Brashares
LBD
1. Une affaire de filles
2. En route, les filles !
3. Toutes pour une,
Grace Dent
Cher inconnu, Berlie Doherty
Qui es-tu Alaska ?, John Green
13 petites enveloppes bleues
Suite Scarlett, Maureen Johnson
15 ans, Welcome to England !
15 ans, charmante mais cinglée, Sue Limb
Le ciel est partout, Jandy Nelson

La vie blues, Han Nolan
Les confidences de Calypso
1. Romance royale
2. Trahison royale
3. Duel princier
4. Rupture princière,
Tyne O'Connell
Le journal intime de Georgia Nicolson
1. Mon nez, mon chat, l'amour et moi
2. Le bonheur est au bout de l'élastique
3. Entre mes nungas-nungas mon cœur balance
4. À plus, Choupi-Trognon...
5. Syndrome allumage taille cosmos
6. Escale au Pays-du-Nougat-en-Folie
7. Retour à la case égouttoir de l'amour
8. Un gus vaut mieux que deux tu l'auras
9. Le coup passa si près que le félidé fit un écart
10. Bouquet final en forme d'hilaritude,
Louise Rennison
Code cool, Scott Westerfeld

fantastique

Interface, M. T. Anderson
Genesis, Bernard Beckett
Nightshade
1. Lune de Sang,
2. L'Enfer des loups, Andrea Cremer

Le cas Jack Spark
saison 1 Été mutant
Saison 2 Automne traqué, Victor Dixen
Eon et le douzième dragon
Eona et le collier des Dieux, Alison Goodman
BZRK, Michael Grant
Lueur de feu
Prisonnière, Sophie Jordan
Menteuse, Justine Larbalestier
Felicidad, Jean Molla
Le chagrin du Roi mort
Le Combat d'hiver
Terrienne, Jean-Claude Mourlevat
Le Chaos en marche
1. La Voix du couteau
2. Le Cercle et la Flèche
3. La Guerre du Bruit,
Patrick Ness
Multiversum, Leonardo Patrignani
Jenna Fox, pour toujours
L'héritage Jenna Fox, Mary E. Pearson
La Forêt des Damnés
Rivage mortel, Carrie Ryan
Angel, L. A. Weatherly
Les chemins de poussière
1. Saba, Ange de la mort, Moira Young

Le papier de cet ouvrage est composé de fibres naturelles, renouvelables, recyclables et fabriquées à partir de bois provenant de forêts gérées durablement.

ISBN : 978-2-07-065911-1
Loi n° 49-956 du 16 juillet 1949 sur les publications destinées à la jeunesse
Dépôt légal : avril 2014.
N° d'édition : 263397 – N° d'impresssion : 188670.
Imprimé en France par Maury Imprimeur - 45330 Malesherbes